グダイ、ミッチ！

芳賀 透
HAGA Toru

文芸社

グダイ、ミッチ！◎もくじ

1 休暇プラン 6
2 ジジババっ子 11
3 実施要項 15
4 夏カレー 20
5 男の会話 27
6 ナイル川 31
7 調査報告 38
8 炭焼き小屋 45
9 天国の果実 52
10 ポワロのこと 60
11 芭蕉とゴッホ 68
12 雨の日々 74
13 スミさんのこと 80
14 大昼食会 85

15 お墓参り 91
16 謎の鉤十字 96
17 天使が通る 103
18 ミスターX 109
19 青い世界 115
20 良子のメール 124
21 竹林間一髪 130
22 機械仕掛けの… 136
23 恋がたき 140
24 初恋物語 145
25 ボディーガード 152
26 南の遠い国 160
27 番小屋の会話 166
28 花火と灯籠流し 175
29 サイルイウ 181
30 書き置き 187

31　友笑う　196
32　後悔してる？　202
33　インカ道　206
34　ああツバメ　211
35　グダイ、ミッチ！　218
ミッチのあとがき　222

1　休暇プラン

オレ、吉村道明、この五月からミッチって呼ばれてる。なぜか。

オレはさ、こういうこと書くの苦手なんだよ、ほんと。

でもシンイチが書けっていうからさ。シンイチってのは真一、矢野真一のことね。中学からのダチで、オレと同じ高2、そいつが前にオレたちのちょっとした事件を小説風に書いたんだよ。で、今度はオレに書けっていうの。もちろん、お断りしましたよ、婉曲にね。どっちかっつうと、オレは武闘派でさ、文弱の徒（難しいことば知ってるだろ?）じゃないわけよ。

でもバーバラが、書け、書け、絶対書けってウルサイのよ。バーバラってのは同じ高2の女子で、オレのことミッチって呼び始めたのも彼女なんだけどね、そいつがシンイチに同調して、オレをそそのかすんだよ。いや、バーバラはいい子だよ、ほんと。本名は吉澤七海。でもちょっと訳ありで、ずっと「バーバラ」で通してる。ああ、違う違う、オレの彼女じゃないよ。むしろシンイチとお似合いじゃないかな。オレとしては、なんとかシンイチとバーバラをくっつけたいと思ってるんだ。

なんの話だっけ？　そうそう、そのバーバラがね、「ミッチは文才がある」って言うんだよ。ウソだろ。文才なんかねえよ。小学校から作文は全部落第点だってば。そう言ったら、「学校の点数なんてナンセンス。ミッチの話し方には独特のリズムがある。文才イコール文章のリズムよ」、だと。

そこまで言うんなら何か書いてもいいかな、なんてその気になったんだけど、そこでハタと気付いた。そもそも何を書けばいいのさ？

で、オレはゴローさんに相談した。ゴローさんってのは、オレの爺様の友だちで、後見人みたいな、お師匠さんみたいな、まあそんな人なんだけど、何を聞いてもすぐ答えてくれる。このときも即答。「書くことを決めてから書いても、おもしろいものは書けねえよ。そろそろ夏休みだろ。夏休みの日記のつもりで、気に入ったことを全部書いちゃえ」、だってさ。

じゃあ、そうするか。でもこの夏休み、オレはいったいどう過ごすつもりなんだ？

で、今度はシンイチとバーバラに聞いてみた。君たちの夏休みのプラン、どうなってるの？　バーバラは「プランねえ」と言ったあと、おごそかにこう宣言した。

「では明日の会合で決めましょう。二人ともちゃんと考えてきてよ」

というわけで夏休み直前の金曜日、学校近くの喫茶店「ポプリ」で、オレたちは久しぶりにレトロ研の会合を開くことになった。この「レトロ研」というのは、バーバラが勝手に作ったオレたち三人の非公式クラブの名前なんだけど、「温知クラブ」とか「大バカ研」とか何度も名前が変わってややこしいから、オレはずっとレトロ研で通すことにしてる。

「では、開会します。ふふ、久しぶりだね」とバーバラ。こいつ、楽しそうだな。オレたちとバカ話をして、何が楽しいんだか。

「きょうの議題は、もちろん夏休みのプランです。それでいいんでしょ、ミッチ?」

「おう、異議なし」

「で、事務局の腹案は何かある?」

「え、オレ、いつから事務局になったの?」

「言葉のアヤよ。言ったじゃない、ちゃんと考えてきてって」

バーバラはそう言うとコホンと咳払いして言葉を継いだ。

「特に腹案はないようね。じゃ、議長から一つ提案します。異議なし?」

おまえ、いつから議長になったんだよ。まあ、いいか。自分で振って自分で答えるのはバーバラのいつもの流儀だ。

「異議なし。全然なし」

「あのねえ、前から一度やってみたかったんだけど、肝試し大会ってのはどうかしら？」

肝試し？　まさにレトロ研だねえ。

「肝試しっていうと、あの墓地に行ってお札を取ってくるとか、夜の廃校に潜り込むとか、そういうやつ？」とシンイチ。

「ほかにある？　あ、そうか、スズメバチの巣をつつくとか、知らないキノコを食べてみるとか、考えてみるといろいろあるね」

おいおい、何考えてるんだよ。一人でやれば？

「あのさ、それ、夏休みのプランっていうのと少し違うんじゃない？　だって一日で終わるでしょ、肝試しは。もう少し継続性というか、連続性というか、そういうのが必要なんじゃないの？」とシンイチ。そうそう、シンちゃんの言うとおり。

「じゃあ、肝試しは気が向いたときにやるとして…、シンちゃんは何かアイデアある？」

「月並みだけど、旅行かな。あとは謎解き」

「謎解きって何？」

「日常生活にかまけてふだんあまり考えずに放っておいたことを、夏休みの間にじっくり時間をかけて考えてみる。たとえば歴史の謎とか、数学の難問とか」

「うえ」だれかが叫んだ、と思ったらオレの声だった。

「両方を合体させて、調査旅行という手もあるよ。史跡めぐりとか、お宝探しの旅とかさ」

「ううん、宝探しはちょっとベタだなあ。まあ、あるって分かってりゃいいけどね、普通ないでしょ、お宝は」とバーバラ。

「史跡めぐりってのも、なんだかなあ。老後の楽しみにとっておいたほうがいいんじゃね？」これはオレ。

「あとはやっぱ、海か山だね。親父の別荘があるよ。別荘っていっても、あばら家みたいなもんだけどね」

「別荘？」ここでバーバラが激しく反応した。

「別荘！　いいね、いいね、別荘、絶対それがいいよ」

「いや、だから別荘っていっても、ただのあばら家だって。もう二年ぐらい使ってないし…」

バーバラはシンイチの話を全然聞いてない。

「あのね、あたし、別荘に憧れてたの。ほら、この街に来るまでけっこう引越しが多かったでしょ。ママにもそんなゆとりないしね。だから別荘のある暮らしって、あたしの夢だったの。シンちゃん、すごーい。みんなで行こうよ。別荘に」

オレは思わずシンイチと顔を見合わせた。

オレもその別荘、前に行ったことあるけどさ、ま、あばら屋ってほどじゃないけど、なんの変哲もない山荘だし、あたりには何もないし…。ずいぶん離れたところに古い温泉があって、ときどき農家のオバさんが野菜の差し入れをしてくれるけど、あとはこれと言って…。バーバラ、軽井沢や清里あたりのロマンチックな別荘とはだいぶ違うぜ。

だがバーバラはまったく意に介さない。目をキラキラ輝かせて、決然とこう言い放った。

「これで決まりだね。別荘！」

2　ジジババっ子

ところでさ、小説って他人のことあれこれ書くじゃない。でも、自分のことってどう書けばいいんだろう？　だれかにさりげなく言わせるとか、話の展開で自然に分かるようにするとか、いろいろ方法があるんだろうけど、ちょっとわざとらしいよね。オレの性格にも合わないな。

メンドいから、最初にまとめて自己紹介しておくよ。

オレ、両親の顔は写真でしか知らないんだ。オレがまだ赤ん坊のころに車の事故で死んじまってさ、でも、あまり寂しいと思ったことはないな。爺様が父親代わり、ゴローさんも父親代わり、それで充分。

母親のことは、そうだな、バーバラのママなんか見てると少し羨ましいと思うけど、まあ、あんな優しい母親ばっかじゃないからな、世の中。始終ガミガミ、ギャーギャー言ってる母親もいるし、だからまあ、プラスマイナス・ゼロってとこかな。

あと、うちの家にはスミさんっていう婆やみたいな人がいる。爺様が若いころから家にいるそうだから、もうほんとの家族と同じ。ほら、漱石の「坊っちゃん」に出てくる清っていう婆やがいるだろ？ あんな感じかな。もうちょっとモダンだけどね。

で、親が死んでからオレは爺様に引き取られて、ずっとそこで過ごしたの。爺さんっ子というか、爺様とスミさんに育てられたから、「ジジババっ子」だね。この爺様が少林寺拳法の師範でさ、オレ、小さいときから徹底的に鍛えられたのよ。「うん、ミチアキは筋がいい」なんて言うもんだからさ、オレもすっかりその気になって…、まあ、いま思うと修行ってのは苦しいけど楽しいね。自分の体が、自分で思う以上に動くようになるってのは、けっこう楽しいもんだよ。

でも爺様、二年前からオーストラリアに行ってるんだ。何しにって？ そりゃ、仕事だよ。オーストラリアで少林寺拳法を教えてるの。爺様の先輩だか恩人だか、そんな人がシドニーで道場を開いていたんだけど病気になっちゃってさ、ほんで爺様が代わりに道場を引き継いだの。半年に一度ぐらい日本に帰ってくるけど、基本はもう向こうの人。けっこう活躍してるらしいよ。警察に少林寺拳法を教えたり、凶悪犯を捕まえたり、テレビに出たり、まあ目立つ人だからね。

で、オレはいま、古い家にスミさんと二人で住んでるんだ。快適だよ、毎日。スミさんは少し心配性だけど、とっても優しくて、七十歳を過ぎても背筋がピッと伸びている。いざとなると肝っ玉も据わってるしね。そうそう、去年、オレオレ詐欺の電話があったんだ。未成年者と高齢者だけの家だから狙われたんだろうね、きっと。でもスミさん、慌てず騒がず、騙されたふりをして犯人をおびき寄せ、まんまと実行犯の逮捕にこぎつけたんだ。

でも爺様にしてみると、やっぱ心配だったんだろうね。親友のゴローさんに、くれぐれもオレたちのことをよろしく頼むって言ってたそうだよ。だからいまは、ゴローさんがオレの後見人、兼父親代わり。まあ前から家族同様の付き合いだったけどね。

とまあ、こんなところでいいかな。オレの話は以上です。

閑話休題。

レトロ研で「別荘行き」が決まっちまったけど、ほんとにそれでいいのかな。いや、バーバラがあんなに喜んでるんだから、あえて反対する気はないけど、いろいろ考えなきゃならないことがあるよね、やっぱ。

ポプリからの帰り道、シンイチと二人で話し合った。

「なあ、あれでよかったのかな？　シンイチ」

「いいも悪いも、バーバラがすっかりその気になってるんだから…」

「でもさ、いろいろ条件整備ってものが必要なんじゃね？　たとえば、おとなはだれが行くの？　さすがにオレたちだけで行くのはまずいでしょ。あと、どんな準備をすればいいの？　だいたい何日ぐらい行くか、まずそれを決めなきゃ」

「まあ、一週間ぐらいかな、普通はそんなとこだろ？　たぶん親父は無理だな、来週から九州で大きな現地調査があるって言ってた」

シンイチの親父は学者なんだよ。考古学だか、文化人類学だか、そんな学問。

「そもそも親父さん、別荘を貸してくれるかな？」

「あ、それは大丈夫。全然やかましいこと言わない人だから。自分が使う時以外は喜んで貸してくれるよ。あと、必要なものは一応別荘にそろってる。大型の冷蔵庫もあるから、近くの温泉街に買い出しに行けば、当座の食糧には不自由しないと思う」

「となると、一番の問題は同行者だな。ゴローさんか、バーバラのママか」

「いつから行くかにもよるしね。まあ、ゆっくり考えようよ」

3　実施要項

だが、話はとんとん拍子に進んだ。というより、バーバラがすごい行動力と交渉力を発揮して、あっという間に話をまとめてしまったんだ。

二日後、日曜日の午後、バーバラからメールが来て、オレとシンイチはポプリに呼び出された。

「ジャジャーン！」

バーバラが得意気に一枚の紙を取り出した。

「なに？　それ」

「やあね、ジッシヨウコウに決まってるじゃない」

「ジッシ…何だって？」

「実施要項。別に実行計画でもいいけど、実施要項のほうがスマートな感じがしない？」

バーバラの紙をのぞくと、たしかに一番上に「××実施要項」と書いてある。なにに？「自然観察同好会　夏季特別研修合宿・実施要項」だって？　ものものしいね、こりゃ。

あれ、会の名称が変わってるじゃないか。

「ざっと目を通してみて」とバーバラ。

うわ、すげえ。細かい字でビッシリ書いてある。


実施期間＝7月23日（火）～8月11日（日）　20日間
参加者（敬称略）＝矢野真一、吉村道明、バーバラ、大内寿美、日程次第で吉澤紗希子と坂井吾郎も部分参加の可能性あり。

合宿の主要目的＝山間の別荘で豊かな自然を満喫するとともに、日常生活にかまけて普段考えずにいたことを、この機会にじっくりと考察する。仲間内の親睦を深めることはもちろんである。

携行品＝当該地区の地図、コンパス、懐中電灯、雨具、ライター、救急医薬品、非常食、適度な大きさのリュック、熊よけスプレー、ゲーム、お菓子、着替え、本。

その他留意事項＝予期しない出来事に遭遇したときは、全員協議を原則とする。合宿期間は必要に応じ、延長の可能性もあり。


「……」これはシンイチ。

「……」これはオレ。

「ええと…、まずはご苦労さん、ありがとう」とシンイチ。続けて「でもさ、二十日も行くの？　なんにもない所だよ」

「やあね、なんにもないからいいんじゃない。二十日ぐらい、あっという間よ。青春は短い。夏も短い。それに、あたしたち部活やってないじゃない？　部活のある子なんて大変よ。休みの間ビッシリ、朝から晩まで特訓だもの。それに比べりゃ、軽い軽い」

オレは一つ気がかりなことを尋ねた。「ところでさ、この四人目の、大内寿美ってだれ？　シンイチ、知ってる？　それともバーバラの知り合いかな？」

突然バーバラが笑い出した。

「なに言ってるの。冗談でしょ」

オレはシンイチと顔を見合わせた。

「ミッチ、バチが当たるわよ」

「え、オレ？　なに？　どういうこと？」

「十年以上いっしょに暮らしていて、スミさんのフルネームも知らないの？」

「え、え、ええっ！」オレは心底アセッた。

「スミさんて、大内寿美さんだったのか。だってオレ、小さいときからスミさん、スミさんってずうっと呼んでたから…、スミさんはスミさんなんだよ、オレにとって」

「だいじょうぶ。スミさんには黙っててあげる。これで貸し一つね」

そうかあ、スミさんは大内さんだったのか。でもバーバラ、いったいいつスミさんと話したんだ？

「きのうのお昼よ。ミッチ、出かけてたじゃない？　初めてお会いしたけど、スミさんて素敵な方ね。あたしもあんなお婆ちゃんになりたいな」

「いったい、どうやって説得したのさ？」

「説得なんてしないわよ。普通に別荘行きの話をしたら、もうスミさん、初めからノリノリで、ミチアキさんがいらっしゃるなら、わたくしも必ず同道しますって…。そこに書いてある救急薬品とか熊よけスプレーとかいうの、スミさんのアイデアよ」

「ふぇー。でもスミさん、どうしてゆうべ話してくれなかったんだろう？」

「ちょっと恥ずかしかったんじゃないの。オトメチックにはしゃいでたもの」

あのスミさんが？　なんか想像つかねえなあ。

「でもどうしてゴローさんじゃないのさ？」

「実はね、ゴローさんにも話したの。きのうの午前中。でも知り合いのイベントの手伝いとカチ合ってるんだって。なんとかのサマーフェスみたいなやつ」

「紗希子さんは？」

「ママは最初から無理だって分かってたの。秋口に個展があってね、その仕込みが大変なのよ。まあ、目鼻がついたら、最後のほうだけでも参加してほしいんだけど」

バーバラ・ママの紗希子さんは、中堅の陶芸家なんだ。ゴローさんはなんでもできる人だけど自称「自由人」。いまは植物園で学芸員みたいなことやってるけど、あれ、遊びかも。

「ええと、いいかな」とシンイチ。

「あのさ、もううちの親父にも会ったんじゃない？　バーバラのことだから」

「ははは、やっぱりバレたか。ご明察！」

こういうところ、全然悪びれないね。りっぱなもんだ。

「なにしろ別荘お借りするんだから、一度ごあいさつしておかなくちゃと思って…」

「で、親父、なんて？」

「全然ウエルカムよ。ぼくは来週からいないけど、せいぜい活用してくださいって。あ、思い出した！」

「なんだよ、急に」

「ごあいさつしたとき、こうおっしゃったのよ、シンイチからお話はいろいろ伺ってますって。シンちゃん、いったい何を話したの？」

「それはさ、一種の社交辞令ってものだよ。たいしたこと話してない」

「ほんと?」

「ほんと。…まあ少しは話したけど」

「どんなこと?」

「なに言ったかなあ。ちょっとユニークだけどいい子だとか…」

「あとは?」

「とっても母親思いだとか…」

「あとは? あとは?」

「話してると楽しい、なんてことも言ったかな…」

おいおい、きみたち、何をジャレ合っとるのかね。

それにしても、シンイチも知らなかったってことは、バーバラのやつ、おとなたちに口止めしたんだな。さっきの「ジャジャーン!」、あれをサプライズでやりたかったんだね、きっと。

4 夏カレー

在来線で一時間、バスで二十分、歩いて十五分。一行は目的地に着いた。

別荘地というより、ただの山の中の一軒家。雑木林に囲まれてポツンと建っている古びた山荘がオレたちを出迎えてくれた。な、バーバラ、別荘ったってこんなもんだよ。少しがっかりした？

だがバーバラの反応は、オレたちの予想を完全に裏切った。

両手をしっかり握りしめて、一度、二度、三度、上下に振ったのだ。それがガッツポーズだと分かったのは、そのあとバーバラがこう言ったからだ。

「これ、これ、これですよ！　こうでなくちゃ」

こうでなくちゃって、どういうこと？

「最高よね、この落ち着いた雰囲気。森の中にすっかり溶け込んでるじゃない。雨樋なんかうまく緑青が浮いてるし、何よりチャラチャラしたところが全然ないもの。これぞ、ザ・別荘ですよ。もう最高！」

「でも少し寂しい感じがしない？」とシンイチ。

「ぜーんぜん。ああ、いいなあ。わたしは夏の作曲家だ！」

「なに、それ？」

「作曲家のグスタフ・マーラーがそう言ったのよ。マーラーは指揮者として忙しかったから、夏だけ山荘にこもって作曲したんですって。きっと、こんな別荘だったのよ」

スミさんはニコニコしながらオレたちの話を聞いている。十五分ぐらい山道を上ってきたけれど、全然息を乱していない。さすが。

「風情があって素敵な山荘ですねえ」

「でしょ、でしょ。スミさんなら絶対そう言うと思った」

「バーバラさんは、ほんとに古いものがお好きなんですね。とにかく中に入りましょうか」

別荘の中は、一階が一部吹き抜けの広い居間、二階は三部屋あって、それぞれ書斎、寝室、客用寝室という間取りになっている。予備の簡易ベッドを一つ出して寝室をオレとシンイチが使い、ツインベッドの客用寝室はバーバラとスミさんが使うことになった。

バーバラはまだハイテンションで、階段がどうの、窓の形がこうの、スミさん相手にとりとめなく話している。

「バーバラ、先にシャワーでも浴びる?」

シンイチがそう言うと、バーバラは怪訝な顔で振り返った。

「え、シャワー? 水が出るの?」

「そりゃ、水道ぐらい来てるよ」

「なあんだ。下の谷川に水を汲みにいくんだと思ってたのに」

なるほど。そういうノリだったわけね。残念でした。ここはガスも電気も来てるよ。あと、通信環境もバッチリだし。

「あ、バーバラさん、お先にどうぞ」とスミさん。

「バーバラさんって言いにくいでしょ、スミさん。バーバラだけでいいですよ」

「わたくしは呼び捨てはいたしません。やっぱり『さん』か、せめて『ちゃん』ぐらい付けないと」

そうそう、スミさん、そういうところはこだわるんだよ。

「じゃ、縮めたらどうかしら。あたし、シンちゃんとかミッチって言ってるし…。でも、バーちゃんじゃ変ね」

「変ですね。わたくしがバーちゃんって呼んだら、すごく変ですね」

「どうしよう。シンちゃん、なにか名案ない？」

「急に振られてもなあ。英語じゃバーバラの略称は一応『バブス』ってことになってるけど、あまり聞かないでしょ？　だいいちバブスちゃんなんて、かえって言いにくいよね」

「じゃあバルでいいよ。バルちゃん。ね？　濁音はやめて、いっそハルちゃんにしようか。ハルちゃんでどう？　スミさん」

「ハルちゃん…。とっても可愛らしいですね。バーバラさんにぴったりかも」

「じゃ決まりね。ハルちゃんか。なんか、もうハルちゃんになったような気がする」

「オレたちは今までどおりバーバラでいいんだろ?」

「もちろんよ。呼び捨てのときはバーバラ、ちゃんを付けたきゃハルちゃん」

かくしてバーバラは名前を三つ持つことになりました。本名の七海と、通り名のバーバラとスミさん用のハルちゃん。豪勢だね。そのうち芸名やペンネームも使い始めるんじゃないかな。


その日はあっという間に夕方になった。ざっと掃除をして、歩いて二十分ぐらいのところにある小さな温泉街に買い出しに行って、少しボーッとしてたらもう空が群青色に変わっていた。

「さて、そろそろ支度しなくちゃ。夕ごはんは何がいいですか?」とスミさん。

「あ、そういえば炊事当番決めてなかったね。実施要項に書くの忘れちゃった」

バーバラはそう言ってオレとシンイチにグーを突き出した。「ジャンケンで決める?」

「みんなでやろうよ。スミさんは休んでてください。山道で疲れたでしょ」とシンイチ。

スミさんはからからと声をあげて笑った。「なに言ってるんですか。わたくしは炊事のプロですよ。料理してたほうが楽なんです。体調がいいんです」

バーバラは少し思案してこう言った。

「分かりました。じゃあ明日からお願いします。でも、とりあえずきょうは、あたしたちに作らせてください。ね、シンちゃん、それでいいよね」

「ハルちゃんがそうおっしゃるなら、ご好意に甘えるとしますか」とスミさん。

「そうこなくちゃ。で、スミさん、何がいい？」

「みなさんが作るんでしょ？　それじゃ、カレーでも…、いいえ、ぜひ、断然カレーがいいですね」

「スミさん、遠慮しなくていいのよ。あたし、料理は一通り何でもできるよ。ママが制作にかかりっきりのときなんか、ずっとあたしが作ってるもん。天ぷらでも蒸し物でも…」

「はいはい、それじゃそのうちご馳走になります。でも今日はね、気分的にカレーなんです。夏休みの初日って、カレーがぴったりでしょ？」

「そうかなあ」

「そうですとも。蝉しぐれ　一気に食す　茄子カレー。ね？」

おお、出ました！　出ましたよ。スミさんの一句。言い忘れたけど、スミさんの一番の趣味は俳句なんだよ。かなり年季が入ってるの。あれ？　でも今の句、なんか違うな。

「あのさ、カレーの俳句、前に聞いたけど、あれって春の句じゃなかった？」

「そうですよ。夕まぐれ 一気に食す 春カレー」

「そうそう、それ。春カレーってやつ」

「ミチアキさん、よく覚えててくださいましたね」

「だって食い物の句だからさ」

「理由はどうでも嬉しいですよ。これ、実は春と夏の二案あるの。春も悪くないけど、やっぱり夏のバージョンがいいわね。蝉しぐれと茄子の季重なりだけど、こっちのほうがダイナミックにいただきますって感じが出てる。夏休みの男の子みたい」

「じゃ、野菜のいっぱい入った夏カレー。それで決まりね」とハルちゃん、じゃなかった、バーバラ。「シンちゃんとミッチも手伝ってね。野菜洗って、適当な大きさに切ってちょうだい。あとサラダとデザートも作らなくちゃ…」

一時間後、記念すべき初日の晩餐が完成した。テーブルに並んだのは、白菜とベーコンのスープ、ナスがゴロゴロ入ったキーマカレー、鶏肉入りの中華風サラダ、柚子風味のババロア。ふうん、バーバラってほんとに料理が得意だったんだ。なにしろ手際がいいんだよ。パパパパッてこしらえちゃうんだ。まあ、けっこう人使いも荒いけどね。

「ハルちゃん、おいしい！　すごーくおいしい！」これがスミさんの第一声。

バーバラは「へへへ…」とか言いながら肩をすくめている。あれ、バーバラ、赤い顔してる。こいつ、照れてるよ。カワイイとこあるじゃん。

そのあとバーバラとスミさんは、食事中ずっと料理の話で盛り上がっていた。オレとシンイチはひたすら食いまくった。だって、うまいんだもん。

山の家、一気に食す、夏カレー。

5　男の会話

たらふく食って、風呂に入って、部屋に引きあげてから、オレはシンイチと少し話をした。

「なあシンイチ、これ、チャンスだよな」

「何が？」

「何って、決まってるじゃん。だって二十日もあるんだぜ」

「だから、何が？」

「バーバラだよ。一気に距離を縮めるチャンスなんじゃないの？　きみ、バーバラのこと好きなんだろ」

「またそれかよ。そういうのは成り行きにまかせるのが一番いいんだよ。バーバラだって、目下『別荘フィーバー』でそれどころじゃないと思うし」

「じゃ、きみはバーバラのこと嫌いなの？」

「そんなこと言ってないだろ。バーバラはほんとにいい子だと思うよ。それにママの紗希子さんとの約束もあるし…。生涯の友だちになれると思う」

「なに気取ってんだよ。オレが言いたいのはそういうことじゃねえよ。あのさ、きみには色気ってものがないの？」

シンイチは下唇を突き出し、肩をすくめただけだった。

ふん、オレには全部お見通しだよ。きみとバーバラの間には、太くて赤い糸が通っている。オレにははっきり見えるんだ。気付いてないのはおまえら、もとい、きみたちだけだよ。まあ、待ってなさい。このミチアキさんがなんとかしてあげるから。

そうそう、シンイチが言ってた紗希子さんとの約束ってのは、夏休みの前にちょっと込み入った話があってね、その一件が片付いたあとでオレたち、紗希子さんに頼まれたんだ。ずっとバーバラの友だちでいてくださいって。もちろん、その約束は守るさ。で、ある日突然、ただの友だちから素敵な恋が芽生えましたとさ。めでたし、めでたし。

「おい、ミッチ、なに一人でニヤけてるんだよ」

「ん？ あのさ、これだけは言っとくけど、バーバラ、絶対きみのこと好きだぜ。まだ自覚してないだけで」

「はいはい、そうですか。でも、どうしておまえがそんなこと聞くのよ？」

「前にも言ったじゃないか。オレはね、きみとバーバラをお雛さまみたいに壇上に並べて、一度眺めてみたいんだよ。だれにでもあるだろ？　そういう趣味」

「だから、ないってば。そんな趣味、ぼくにはない」

「絶対お似合いだと思うけどな。オレとしてはさ、数少ない貴重な友人たちの幸せを、心から願っているわけよ。オレには色恋は無理だから」

「なに言ってんだよ。おまえこそ、宗像良子に惚れられてるじゃないか」

ええと、注釈。宗像ってのはバーバラの友だちで、ちょっとヤンキーが入ってるお嬢さま。いい子なんだけど、オレには合わないんじゃないかな。すごくいい子なんだけどね、なんていうか、少し勘違いしてるような気がする。オレのこと買いかぶってるんじゃないかなあ。

「そういえば惜しかったな。良子、いっしょに来れば良かったのに」とシンイチ。オレが一瞬ひるんだのを見逃さず、攻めてくる。

「バーバラに聞いたんだけど、良子、夏休みの間、オーストラリアにホームステイするんだって？　オーストラリアのどこ？　おまえ、詳しく知ってるんだろ」

「シドニーだと思う。たしかそう言ってた」

「あ、それって、アレじゃないか？　おまえの爺様がいるところだろ。良子のやつ、爺様に会うつもりなんじゃないか？　将を射んと欲すれば、まず馬を射よ…」

「いやいや、それはないだろ。だって語学留学のホームステイって、ずいぶん前から決まってたんだぜ。オレが良子と知り合ったのは、つい最近だろ？」

「だからさ、それは成り行きで、偶然のチャンスを利用することにしたわけよ。おまえ、良子に爺様の話をしたことあるだろ？」

「そういえば、あるなあ。オーストラリアの話が出たとき…」

「だろ？　そのとき、爺様の連絡先とか何か、聞かれなかった？」

「そういえば、聞かれたかも。あ、そうだ。シドニーの道場の名前を聞いてたっけ」

「ビンゴ！　名前さえ分かれば、住所を調べるのは簡単だよ。これで決まりだな。きっと来週あたり、良子のやつ、手土産もって爺様に会いに行くぜ」

どうもまずいな、防戦一方になってしまった。話題を変えよう。

「あれ、もうこんな時間？　ところで明日はどうしようか？」

「明日？　起きてから考えればいいさ。それにもうバーバラが何か考えてるんじゃないの？　まあ、あと二十日もあるんだから、のんびり構えてりゃいいよ」

「二十日もあるんだから、絶対チャンスだよな」

「またその話かよ。さ、もう寝よ、寝よ」

ふん、つれないやつめ。たまには男同士で恋バナしたっていいじゃないの。せっかく山の一軒家に来てるんだから。

そういえば、スミさんとバーバラはいったい何を話してるんだろう？　気になりますね。オレの昔の失敗談なんか話してないといいけど…。あの二人、すっかりウマが合ってるみたいだけど、あれだけ年の差があると恋バナなんかしないんだろうなあ。それとも…。おっ、名案が浮かんだ！　ここは、スミさんにひと肌脱いでもらおう。シンイチとバーバラの橋渡し。名付けて「スミさん＝キューピッド作戦」。へへ、オレってやっぱり天才かも。

6　ナイル川

シンイチの読みどおり、次の日のスケジュールはバーバラのひとことであっさり決まった。

洗面台で歯を磨いていると、

「夏だね！」バーバラがそう言って現れた。

いやあ、いかにもバーバラだなぁ。「夏だね！」だと。

夏ですよ、毎日。

「ああ、少し寝坊しちゃった。スミさんと話し込んじゃって…」

「ん、なんの話？」

「ナイショ。まあ、恋バナみたいなことね」

「え、え、なにそれ。なんの話？」

「だからナイショだってば。それより、急いで支度しなきゃね、暑くなる前に出発したほうがいいもの。お弁当も用意しなくちゃ」

「どこに出かけるのさ？」

「やあね、ミッチ。周辺の探索に決まってるでしょ。シンちゃんにも急ぐように言ってね」

反論の余地なし。で、すぐシンちゃんにも伝えました。シンイチは「ラジャー」(了解)とただひとこと。口笛を吹きながら出かける準備に取りかかった。こいつ、バーバラの言うことをきくのが楽しいのかね。結婚したら、絶対尻に敷かれるな。


一時間後、オレたちは小さなリュックに弁当と飲み水、お菓子、その他をつめて、初日の探索に出発した。「その他」というのは、いらないって言ったのに、スミさんに無理矢理持たされた熊よけスプレーと救急医薬品、それから着替えのシャツ等々。

そのスミさんは別荘でのんびりしたいという。「きょうは若い人たちだけで行ってらっしゃい。でも充分気を付けるんですよ。シンイチさん、よろしくお願いしますね。ハルちゃん、無理しちゃだめよ。ミチアキさん、何かあったら喜一郎様の教えを思い出して、ちゃんとハルちゃんをお守りするんですよ…」

はいはい。こういうのを老婆心っていうのかな。ほんとの婆様みたい。ハルちゃんのお婆様。だいじょうぶだよ、ちょっとそのあたりを歩くだけだから。あ、喜一郎ってのはオレの爺様の名前ね。

まず別荘の裏手を沢まで下りて、そこから渓谷沿いに上流に登ってみようということになった。道々、バーバラに話しかける。

「あのさ、気になって仕方ないんだけど、さっきの話。恋バナってどういうこと？」

「ミッチったら、意外にしつこいのね。まあ、なんていうか、スミさんの初恋みたいなことよ」

「ふぇー、信じらんない」

「なに言ってるの。ロマンスぐらいあって当然でしょ。若いころのスミさんって、きっとすごい美人だったわよ」

「若いスミさんねえ、若いスミさんと…。あ、たしかに美人かも！」

なんてことを言ってるうちに渓谷に出た。木漏れ日がきらきら水面に反射している。水の匂いってなかなかいいもんだな。あと、苔の匂い。大きな岩が渓流の水しぶきを受けて、ふかふかの苔で覆われている。きれいだけど、滑らないように気をつけて歩こう。バーバラ、よそ見すると危ないぞ。

先頭がシンイチ、バーバラを挟んでオレがしんがり。これ、岩場を渡るときにシンイチがバーバラに手を貸しやすいようにという、ミチアキさんのこまやかな配慮ね。案の定、少し大きな岩を越えるたびにシンイチはバーバラに手を貸している。よしよし。バーバラ、転んでもいいぞ。転びそうになったら、シンイチに抱きついちゃえ。あーあ、ダメだなあ。バーバラってば、意外に身軽なんだもの。ひょいひょい岩をよじ登って「ミッチ、だいじょうぶ？」なんて、オレのことまで気にしてる。身体能力しか取り柄のないこのオレさまを、いったいなんだと思ってるのかね。

三十分ほど沢を上ると、流れの緩やかな瀞（とろ↓分からない人は辞書を引くこと）のようなところに出た。あたりには大きな岩がごろごろ転がっている。大昔、火山から噴き出した溶岩がここまで運ばれてきたのかもしれない。瀞の上にひときわ大きい平べったい岩が張り出している。

　バーバラが歓声を上げる。

「すごいね、この岩。上が平らでバルコニーみたい。ねえ、少し早いけど、あの上でお茶にしようか？」

　苦労してよじ登ると、岩の上はほんとにすべすべして真っ平らだ。十畳ぐらいあるんじゃないかな。

「よし、命名しよう。ええとね、十畳間！」とバーバラ。なんだよ、そのまんまじゃないか。

　紅茶とリンゴでお茶しながら、しばらく渓流の音に耳を傾けた。せせらぎの音、梢をわたる風の音、遠く近く、いろいろな鳥の鳴き声も聞こえる。いいなあ。スミさんならここで一句詠むんだろうなあ。

「ねえ、ミッチ」いきなりバーバラに話しかけられた。

「ん？」

「これ、なんだろ？」

　バーバラはごろんと腹這いになって、岩の表面をじっと見ている。のぞき込むと、岩になにか模様みたいなものが描いてある。

「どれどれ、なんだこりゃ？」

鉤十字みたいな、お寺のマークみたいな模様、タテヨコ五センチぐらいかな、それを楕円形の枠で囲んである。なんだろう？　鉤十字みたいだけど、線が少し曲線的でふにゃふにゃしていている。こりゃ、シンイチの領分だな。

「おーい、シンイチ、ちょっとこれ見てよ。なんだと思う？」

「なんだろう。初めて見るなあ。これ、ナイフかなにかで彫って、彫ったところに黒い色を入れてるね。簡単に消えないように…。なにかの目印かな。それともだれかへのメッセージかなあ」

博覧強記でクイズ王のシンイチが分からないんじゃ、考えるだけムダだな。とりあえずスマホで写真だけ撮っておこう。

「ねえ、どうして楕円形なんだろ？」とバーバラ。

「ん、どういう意味？」

「だってさ、このなかの模様はタテヨコが同じくらいでしょ。ふつう、囲むんなら丸か真四角になるんじゃない？　なんでわざわざ楕円形にしたの？」

バーバラ、意外にこういう細かいところにこだわるんだよな。だから女子は…、などと思ってたら、「えらい！」とシンイチが弾んだ声をあげた。

「さすが、バーバラ。いいとこに目をつけたね。ぼくもそこが少し気になったんだ」

「でしょでしょ？　絶対何か意味があると思うな。シンちゃんはどう思う？」

シンイチはもう一度鉤十字マークを観察してから首を振った。

「分からない。けどさ、まあ関係ないかもしれないけど、エジプトのヒエログリフ、あの絵みたいな神聖文字ね、あの碑文の中にはカルトゥーシュってのがあって…」

「カルなんだって？」

「カルトゥーシュ。王様や王妃の名前だけ、特別に楕円形で囲むんだよ。その楕円の記号のことをカルトゥーシュって言うんだ」

「ほぇー、すごい話になってきたな。ここらへんまでファラオが来たのかよ」

「だからただの思い付きだってば。でもさ、だれか、カルトゥーシュのことを知ってた人がその真似をした可能性はあるだろ？　それにしても、これけっこう古いものだね。ずいぶん擦り減ってるよ」

バーバラが神聖文字、じゃなくて、鉤十字マークを見つめながら呟いた。

「そのカルトゥーシュ説、なんだか当たってるような気がする…」

「ほらほら、バーバラ、すぐ乗っちゃうんだから」

「いいじゃない。ロマンは大きく。少年少女よ、大志を抱け。よし、この川にも名前を付けちゃおう。これはもう決まりだね。ナイル川！」

は？　この小川が？　ちょっとデカすぎるんじゃないの…。ま、いいか。

7　調査報告

結局、この日はもう少し渓谷を遡って、小さな吊橋を一つ見つけて、その橋を渡ったら細い道路に出て、で、その道路をどんどん歩いて行ったらえらく見晴らしのいい原っぱに出て、そこで弁当を広げて、あとはだらだら歩いて別荘に帰ってきました。以上。所要時間、ざっと六時間。クマには遭わなかったよ。そうそう、吊橋の先のほうに古ぼけた炭焼き小屋みたいなものがあったっけ。

バーバラが命名したのは「十畳間」「ナイル川」、それから「レインボー・ブリッジ」と「高天原《たかまがはら》」、それぐらいかな。レインボー・ブリッジってのは吊橋のことだけど、橋の少し手前から湧水がちょろちょろ流れ落ちていて、光線の加減で小さな虹が見えたんだよ。高天原はもちろん、弁当を広げた原っぱのことね。

別荘に戻ると、スミさんの姿は見当たらず、リビングのテーブルにメモが置いてあった。
「お帰りなさい。初日の冒険はいかがでした？　私は二階で少しお昼寝しています。あとで話を聞かせて下さいね」やっぱりスミさん、昨日少し疲れたのかな。

　オレたちはスミさんを起こさないようにして、こっそり夕食の準備をしようと台所に行ったらば…、ガーン！　もう全部できていた。冷蔵庫の中を見たら、麦茶とスイカとデザートも冷やしてある。やっぱプロはやることが違うね。

　冷えた麦茶を飲みながら、スミさんが起きてくるまで一日目の探索の総括をすることにした。

「やっぱり森の中って気持ちいいね。来てよかった」とバーバラ。

「でも、ほんとに何もないだろ？　あの高天原から見下ろしても、下の方までずうっと森ばっかり」とシンイチ。

「そうねえ。でもあたし、何もないのって好きよ」

　オレはすかさず割り込んだ。「オレもそう思うな。現代は不必要なものが多すぎる。たまには何もないところで、じっくり対話を深めるべきなんだよ。対話を通じて互いの距離を縮めるというか」

　バーバラが怪訝な顔をして振り向いた。「ミッチ、どうしたの？　急にカタいこと言って」

「いや、だからさ、バーバラもあれに書いてたじゃない。互いの親睦を深めるって…」

「ああ、実施要項のことね。うん、そうだよ。だからミッチもスミさんともう少し対話したほうがいいかもね」

そういうことじゃないんだよ。ま、いいか。話題転換。

「ところでさ、シンイチ、あのレインボー・ブリッジ、逆のほうに行くとどこに通じてるの？」

「子供のころ行ったきりでうろ覚えだけど、いまでも変わってないとすれば、あの先に果樹農家があったと思う。小さな峠を越えて三十分ぐらい歩くけど」

「ふうん、じゃ、たまには人が通るんだな。あの炭焼き小屋みたいのは？」

「それは知らない。ほんとに昔の炭焼き小屋なんじゃないの？　ずっと前からあんな感じだったような気がする」

「じゃ、明日は炭焼き小屋と果樹農家の方面をもう少し探索するということで。ん？　いいよね」

バーバラがあっさり方針を決定したところで、スミさんが二階から下りてきた。

「ごめんなさい。ちょっと横になっただけなのに…。やっぱり森の中って、よく眠れますね」

「あ、スミさん。お食事の支度、ありがとうございます」

「あれはわたくしの日課ですよ。ハルちゃんにはまたいつかご馳走になりますからね。それより、どうでした。川辺の散策は？」

「もう最高。風は気持ちいいし、水はきれいだし、青葉と木漏れ日と一面の苔と、あと小さな虹まで見えて、ほんと天国みたい。思ったほどキツくないし、こんどスミさんも一緒に行きましょうね」

バーバラは夕食の配膳を手伝いながら、「ナイル川」や「レインボー・ブリッジ」の情景をとりとめなく話し続ける。スミさんは「あらあら」とか「へえ」とかいちいち相槌を打ちながら、楽しそうにバーバラの話を聞いている。この二人、ほんとにいいコンビだなあ。ねえねえ、聞いて、聞いて、きょう学校でね…、と甘えるおばあちゃんっ子の図、か。ちょっとヤケますね。

十畳間の鉤十字マーク、あのファラオの紋章みたいなやつね、その話になったら、スミさん、けっこう興味を示してさ、バーバラも喜んでシンイチの「エジプト説」を話し始めた。

「で、シンちゃんがね、それはカルトゥーシュに違いないって言うの」

「言ってないだろ。可能性を指摘しただけじゃないか」

「いいって、いいって。謙遜しなくても。あたしもそう思うもん」

「へえ、カルトゥーシュですか。ロマンチックですね」

「え、スミさん、カルトゥーシュ知ってるの?」

「エジプト好きの知り合いがいましてね、その人の受け売りですよ。でも、こんなところでカルトゥーシュとはねえ」

「あ、オレ、写真撮ったんだよ」

オレはスマホをスミさんに手渡した。スミさんは「良く撮れてますね」とか言いながら、渓谷の写真をゆっくり眺めていく。カルトゥーシュ、じゃなくて鉤十字マークのところに来ると、画像を横にしたり逆さにしたりしながら、しばらく眺めていた。

「ね、不思議な形でしょ?」バーバラが横から覗き込む。

「そうですねえ。だれが彫ったんでしょうね…。さてと、エジプトの謎は逃げないから、冷めないうちにごはんにしましょうか」

今夜の献立は、豚バラと大根の炒め物、白菜と油揚げ、シイタケの煮物、舞茸ごはん、ナスのお吸い物とトマトたっぷりのサラダ。あとお手製の三色シャーベット。

「おいしいーっ!」バーバラが豚バラを頬張りながら叫んだ。

うん、ほんとにおいしいよ。スミさんの料理って、さりげなく絶妙にうまいんだ。何も特別な味付けはしてないのに、塩加減と火加減だけで最高のうま味を引き出せるんだ。

「ミッチ、おまえ幸せなヤツだね。毎日こんなメシが食えて」とシンイチ。

「ぼくんとこはさ、親父とぼくと家政婦さんが適当に交代で作るから、もう大変よ。当たりはずれが大きくて……」

「そりゃスミさんの手料理は最高だけどさ、きみのとこだって親父さん、けっこう料理上手じゃない？　家政婦さんよりうまいんじゃないの？」

「まあ、学者だからね。なんでも凝っちゃうんだよ。でも、ぼくだってたまにはすごいの作るんだぜ。ほら、前に酢豚ご馳走したじゃないか」

オレたちのやりとりを聞いていたスミさんが、「ホ、ホ」と古風に笑った。

「おもしろいですねえ」

ん、何が？

「さっきから聞いていると、ミチアキさんは自分のことを『オレ』って言うじゃないですか。で、シンイチさんは『ぼく』。ね？」

なんだ、そんなことか。それがどうしたのさ。

「それなのに、相手のことはミチアキさんが『きみ』、シンイチさんは『おまえ』って言うでしょ。オレときみ、ぼくとおまえ。ちょっとおもしろいなと思って」

しょうがないじゃないの。長年の習慣なんだから。まあ、理由がないこともないけどさ。

「オレはたぶん爺様の影響だと思うよ。自分には下品に、他人には上品に、みたいな。爺様、そういうとこ、あるだろう？」

「ああ、そうですね。喜一郎様にはたしかにそういうところが…。じゃ、シンイチさんは？」

シンイチは食事の手を止めて首を傾げた。

「考えたことないなあ。親父はずっと『ぼく』で通しているから、その影響はあると思うけど…」

「オレは分かるよ。なんとなく」そう言うと、バーバラがすぐ飛びついた。

「なになに？ミッチ、教えて」目をキラキラ輝かせている。結構結構。

「あのさ、こいつは基本的にお坊っちゃんなんだよ。だから自然に『ぼく』。でも、こんな顔して根はいいヤツだからさ、相手を呼ぶときはあえて『おまえ』にしてるの」

「どうして？」

「『おまえ』のほうが親愛感が出るじゃない。『きみ』だと少しお高く留まってるような感じになるだろ？」

「なあるほど。でもさ、ミッチが『きみ』って言っても、お高く留まってる感じはしないよ」とバーバラ。

おいおい、オレにそれを言わせる積もり？

「あのね、オレはお坊っちゃんじゃないの。キザにも他人行儀にもなりようがないの」

「そうかあ。ナットクナットク」

バーバラは勝手に納得して、そのあとこう言った。「シンちゃんってさ、やっぱりデリカシーの人なんだね」

そのシンイチは黙々と飯を食っている。あれ、キミ、少し顔が赤いぜ。

スミさんは楽しそうにシンイチとバーバラを見比べている。うん、いい雰囲気。

だけどエジプトの話はどっかへ行っちゃったな。ま、いいか。

8　炭焼き小屋

翌日もいい天気。「夏だね！」か。ホント。

前日の打ち合わせ通り、炭焼き小屋と果樹農家の方面に足を延ばすことにした。バーバラはスミさんにも声をかけたけど、「わたくしは近場を散歩して、もう少し足慣らししてからにします」とのこと。そうそう、スミさん、無理しちゃいけないよ。のんびり骨休めしなきゃ。

というわけで、昨日と同じコースをたどり、「十畳間」で休憩しながらファラオのマークを眺めて、レインボー・ブリッジに到着。

渓流にかかった小さな吊橋だけど、かなりしっかり作ってある。きっと果樹農家の人たちが定期的に利用するのだろう。下から眺めると今日も小さな虹が架かっている。虹の下をくぐって上流側に行くと、少し崩れかけた階段が橋のたもとまで続いている。

　昨日は橋を渡って一般道の方へ行ったけれど、今日は橋の手前を右折して炭焼き小屋へ行くことにした。すぐ近くのように見えたけど、歩いてみるとけっこうあるなあ。道らしい道もなくて、一面雑草と藪ばかり。歩いていると足元からバッタやカエルがピョンピョン飛び出してくる。マムシもいるかもね。用心して、わざと音を立てながら歩こう。

　オレが先頭に立って、バーバラ、シンイチの順。オレたち、バカかもしんないけど、こういうときはきちんと姫様を守るんだよ。と、と、と、出ましたよ！　出ました！　マムシじゃないけど、大きいのが。

「ストップ、ストップ」

「どうしたの？　ミッチ」

「いや、ちょっとね。ヘビがいるんだ」

「……」

「バーバラ、ヘビぐらい平気だろ？」

「はは…、まあね。頭では平気だけど、感覚的にはちょっと苦手かなあ。ママもそうだから、これ、遺伝かも」

「じゃあ静かに迂回していこう」

「大きいの？」

「ふつうかな。一メートルちょっと」

「うぇ、大きいじゃない」

「アオダイショウだよ。こいつは割に人に馴れてるんだ。刺激しなけりゃだいじょうぶ」

というわけでそろそろと左に迂回した。アオダイショウは草叢の中からじっとこっちを見ている。

「ちょっとだけいいかな」

シンイチがそう言って、アオダイショウの前でそっとしゃがみこんだ。こいつはなんでも観察する癖があるからなあ。アオダイショウも逃げないでシンイチを観察している。静かなにらめっこ。

「シンちゃん、だいじょうぶ？」そう言いながらバーバラもシンイチの背後から覗き込む。こいつはまだ若いアオダイショウだな。警戒心より好奇心のほうが強そうだ。割合に細身で、緑褐色の鱗が艶々している。チョロチョロ、小さな舌を出す。

「よく見るとかわいい顔してるのね。アオダイショウって」バーバラがシンイチの耳元で呟く。

「ヘビと鳥類は親戚だからね」とシンイチ。おお、なんと散文的な感想。せっかくバーバラが話しかけてるのに、もう少し気の利いたことは言えないのかよ。

やがてにらめっこにも飽きたのか、アオダイショウはするすると草叢の中に姿を消した。グッバイ、そのうちまた会おうな。

近づいてよく見ると、「炭焼き小屋」は炭焼き小屋ではなかった。

「これ、なに?」

バーバラは腰に手をあて、ふくれっ面をしている。機嫌が悪いわけではない。考え事をするときのいつもの癖だ。

「ぜーんぜん炭焼き小屋じゃないわね。あずまや? お堂? それとも倉庫かな?」

言われてみると、そのどれにも見える。要するに小さな掘立小屋。だいぶ傷んでいるけど、ちゃんと屋根があって、内部には高床式の板の間が三畳ばかり。あとは窓も引き戸もなくて、二面が板張りの壁。残る二面は草原に向かって開けっぴろげの形だ。

そもそも炭焼き小屋って言ったのはだれだ? ん? オレか? いやいや、シンイチだって同罪だ。「昔から炭焼き小屋だったような気がする」とかなんとか、適当なこと言ってたじゃないか。

「ねえ、どうして炭焼き小屋だと思ったの？」

バーバラが痛いところを突いてくる。

「それは、なんていうか…」一種のロマンでしょ、と言おうと思ったら、シンイチが話を引き取ってくれた。「ああ、それはね、ずっと昔、親父に聞いたような記憶があるんだ。この少し先のほうに炭焼きの人が住んでいたって。でも、この小屋は関係ないみたいだな。いったいなんだろう。物見台かな。野良仕事の休憩所かな」

結局、掘立小屋の正体は分からなかったけど、腹も減ってきたので、ここで弁当を食べることにした。床は抜けないかな。こわごわ板の間に上がってみたが、意外に頑丈にできている。木材の感じから見るとだいぶ古い小屋だと思うけど、ところどころ最近修理したような跡もある。ほこりもあまり積もってない。たまにだれかが使ってるのかな？　でも、こんな野原の真ん中で、いったい何に使うのさ？

「ここ、気持ちいいわね。風がすごく気持ちいい。ごはん食べたら眠くなりそう」とバーバラ。

たしかに。すぐ下を渓流が流れている関係か、風の通り道になっているようだ。それも周囲の梢をさわさわ揺らす優しい風。ああ、いいな。握り飯がうまい。麦茶もうまい。原っぱの草が風の形にゆっくり揺れている。スミさんなら、ここで一句出るな。絶対。

食後、果樹農家のほうへ行ってみることにした。小屋の謎は解けなかったけど、バーバラは正式に「炭焼き小屋」と命名した。「いいじゃない、何事もロマンが大切よ。そうよね、ミッチ」お、分かってるじゃないか。

果樹農家までの道のりは、それほど遠くなかった。シンイチの子供時代の記憶では「小さな峠を越えて三十分」のはずだが、実際は峠もなかったし、十分ぐらい歩くともう果樹園が見えてきた。シンイチはさかんに首をひねっている。

「おかしいなあ。たしかに峠を越えたような気がしたんだけどな」
「子供のころの話でしょ、きっとどこかで道草を食ってたのよ」とバーバラ。
「そうかも。それとも、ほかの場所だったのかな」

農家の母屋の方に近づいていくと、果樹園のほうから黄色い軽トラがトコトコ走ってきた。よく日焼けした丸顔のおばさんがハンドルを握っている。窓から顔を出して、オレたちに愛想よく手を振った。

「こんにちは。暑いわねえ。あなた方、学生さん?」

答えようとすると、またおばさんが喋り出す。
「高校生かな。いま、夏休みだもんね。あ、そうか、別荘に来てんの? じゃ普段は都会っ子なんだね。このあたりはいいよ。何にもないけど、すごくいいとこ」

「ほんとにいい所ですね」ようやくバーバラが言葉をはさむ。

「でしょ。だから、のんびりしていってね。ああ、夏休みか、思い出すなあ。なに笑ってるの？　あたしにだって高校時代があったのよ。うら若き十七歳。ほら、また笑ってる。ははは。あ、あたしも笑っちゃった…。三人とも同級生？　高2ぐらいかな？　クラスメートだよね、きっと。仲よさそうだもん。この辺りは初めて？」

おばさんはよどみなく喋る。自分で問いかけ、自分で答えている。（少しバーバラと似てるな）すごいお喋りなんだけど、ちっともうるさくない。ぜんぜん嫌味がない。人柄かな。話を聞いてると、なんだか一緒に喋っているような気分になるんだ。

「時間があったら、ちょっと家に寄ってく？」と笑顔で聞かれ、三人そろって「ハイ！」と返事していた。

おばさんの名前は房子さん。吉岡房子さんだって。

オレたちも簡単に自己紹介した。バーバラはどうするのかと思って見てたら、胸を張ってこう言った。

「あたしはバーバラです。カタカナでバーバラ。親が最初に付けてくれた名前は七海。吉澤七海っていうんですけど、訳があって、家でも学校でもずっとバーバラで通してます。

房子さんも、よければバーバラでお願いします」

房子さんはじっとバーバラを見つめ、二度ほどまばたきをし、それからさらりとこう言った。

「へえ、バーバラか。かっこいいじゃん。了解了解」

9 天国の果実

房子さんの家は明るい洋風の作りだった。農家の居間というと高い天井に囲炉裏や自在鉤を連想するけど、吉岡家の居間は天井こそ高いものの、画家のアトリエみたいにモダンな作りだった。板の間に花ござのようなカーペットを敷き、自然木の一枚板の座卓がでんと据えられている。奥の壁に風景写真のパネルが数枚。ああ、あの渓流の写真は「ナイル川」だな。「レインボー・ブリッジ」もあるぞ。壁際には民芸風の木彫が何体か置いてある。

「楽にして、楽にして」房子さんが座卓の周りに座布団を敷きながら、玄関にいるオレたちを手招きする。

「殺風景な部屋でしょ? なんにもないけど、ごろんとして、くつろいでね。いま冷たいもの用意するから」

「あ、どうぞお構いなく」と言ったけれど、房子さんは笑ってスルーする。「高校生がなに言ってるの。若いうちはどんどん構われなきゃダメよ」そう言って、奥の部屋に消えた。

ほどなくカラカラと涼しげな氷の音がしてジュースが運ばれてくる。

「とりあえず、これ飲んでて。自家製だけど口に合うかな」

淡いピンク色の液体。少し泡立っている。匂いを嗅ぐとかすかに梅酒みたいないい香りがする。では、いただきまーす。

「うわ、すごくうまい」思わずそう言うと、バーバラも「ああ」とか「んん」とか唸りながら握りこぶしを上下に振っている。例のガッツポーズだな。

「すっごくおいしいです。身体の中に、フワーッと夏が広がる感じ。これ、なんのジュースですか？」

「そんなにおいしいかねえ。ほんと？」と言いながら、房子さんは嬉しそうに説明する。

「スモモよ、スモモ。それにヨーグルトと蜂蜜とレモンを少し。リンゴ酢を入れることもあるけどね」

「あ、リンゴ酢も合いそうですね」とシンイチ。ワインを試飲するみたいにちびちび味わいながら、ひとり頷いている。「ふうん、スモモってこんなにうまかったんだ。子供のころよく食べたけど、ずっとご無沙汰してたからなあ。なんだか懐かしいな」

「ちょっと待っててね」と言って、房子さんはまた奥の部屋に消えた。と思ったら、すぐに大きなお盆とバスケットを持って現れた。お盆の上には大皿が一枚と取り皿、それにフォーク。

「ねえ、まさかと思うけど」と房子さん。「まさかと思うけど、モモが嫌いな人、いないよね？」

そう言ってバスケットの蓋を取ると、黄金色の大ぶりな実がごろごろ。「ワー」とか「フェー」とか「ヒエー」とか、オレたち、三者三様に奇声を発してバスケットの中を覗き込んだ。ほわんといい匂いが立ち上ってくる。

「もう少ししたら、ブドウの時季だけど、今はモモが食べごろよね」房子さんはそう言いながら、くるくると器用に皮を剥いて取り皿にモモを切り分けてくれた。「どうぞ召し上がれ。今年のモモは甘いわよ」

ほんとうだ。甘くて、上品な香りがあって、汁気たっぷりで、こりゃ何ていうか、もう絶品だよ。

「あの、房子さん。お世辞じゃありません。これまで十六年間生きてきた中で、最高のモモだと思います。これは」とバーバラ。

「はは、大げさね、バーバラ。でも、ありがと。あたしも、この十年ぐらいの中では最高の出来だと思う。もう少し剥こうか？」

　思わず顔を見合わせ、無言のイエス。だって、うまいんだもの。

「孫悟空が盗み食いした天界の果物って、きっとこんなモモだと思う」とバーバラ。

「これだけうまいと、たしかに神様の食べ物って感じがするなあ」とシンイチ。

　オレも何か気の利いたこと言おうと思ったけど、思い付く前に食べ終えてしまった。で、ただひとこと、「ああ、うまかった」。

　オレたちがモモを食べ終えると、房子さんがまた話し始めた。そうか、食べている間は、お喋りが味の邪魔をしないように、気を遣ってたんだ。房子さん、開けっぴろげに見えるけど、さすがにプロだなあ。

「で、あなた方、休みはいつまで？　なにか計画はあるの？　え、とくに何も考えてない？　まあ、そういうのもいいんじゃない？　夏休みぐらいのんびりしてさ。のんびりじゃないか。若いんだから、駆けまわったり、寝転んだり、泳いだり。あ、でも沢に下りるときは気を付けたほうがいいよ。にわか雨で急に増水することがあるからね。あと、スズメバチとクマかな」

「うえ、やっぱりクマなんか出るんですか？」とシンイチ。

「出る、出る。でもまあ、普通に注意してれば大丈夫。うちのダンナなんか、知り合いみたいなクマが三頭ぐらいいるわよ」

「あの…、熊スプレーって効くんですか？」バーバラがおずおずと尋ねる。

「熊スプレー？ どうかな。使ったことないから分かんない。とにかく普通にして、相手を刺激しないことよ」

「あ、うちの爺様も、よくそう言ってました」とオレ。

「お爺様？ 猟師かなんか、なさってたの？」

「いやいや、こいつの爺様は武道の達人なんですよ。少林寺拳法」とシンイチが補足する。

「へえ…、で、クマの相手もするの？」

「いえ、もっぱら人間相手ですよ。でも武道の心得として、野生の獣と相対するにはどうすればいいか、みたいなことも教えるんです。やっぱり刺激しちゃいかん、相手の目を見ながら、ゆっくり静かに後退しろ、そう言ってました」

「そうそう、それが一番。ある程度距離があればね」

「距離がなかったら？」とバーバラ。

「出会いがしらの超ニアミスってやつね。それが一番危ないのよ。相手も興奮するから」

「お爺様は何かおっしゃってた？」バーバラがオレに尋ねる。

「至近距離の場合は、基本的にアウトだって言ってたな」

「そんなあ…」

「至近距離でも相手を落ち着かせるように努力する。でもダメだったときは…」

「ダメだったときは？」

「あきらめて闘うしかない」

バーバラは大きなため息をつき、房子さんは「ははは」と陽気に笑った。

「たいしたお爺様ね。本当にクマと格闘したことがあるの？」と房子さん。

「ずいぶん前に一度だけ、山でクマに出くわしたことがあるんです。いえ、遠くで見かけたことは何度もあるけど、ほんとのニアミスはその一度だけ。たぶん若いオスで、最初から興奮してガアーッと飛びかかってきちゃった。で、爺様は最初の一撃をかわして…」

「うん、かわして、それから？」とバーバラ。

「また相手が飛びかかろうとする直前に、鋭い気合を発して、それで一瞬相手がひるんだ隙に…」

「ひるんだ隙に？」と再度バーバラ。おい、人の腕をつかむなよ。シンイチのほうに行けよ。

「鼻づらに思い切り回し蹴りを入れて、もう一度気合を発したら、クマ公、一目散に逃げてった」

「きっと冷水を浴びせられたみたいに、興奮が冷めたのね」と房子さん。

「すごいなあ。みんなたくましいなあ」バーバラはまだオレの腕を放さない。

「ミッチの血筋は特別だよ。まあ、いざという時はミッチ、よろしくな」とシンイチ。冗談はよせ。オレは熊スプレーのほうがいいよ。

「ところで、房子さんはここでお生まれになったんですか?」

お、バーバラお得意の身上調査が始まったぞ。

「ははは、バレタか。ちょっと言葉が違うもんね。あたしは埼玉の生まれなの。この近くの温泉に遊びに来て、それですっかりこの土地が気に入ったもんだから、その温泉宿でバイトをするようになってね。で、いまのダンナと知り合って、いっしょに農業やって…。気が付いたら結婚してたわけ。もう二十年以上前の話よ」

「この土地のどこが気に入ったんですか?」

「どこだろ。気候とか食べ物とか、土地柄、人情とか、いろいろあるけど、まあ全部ね。きっとあたしに合ってたんだ。空の色とか風の匂いとか、そういうのって、あるじゃない? 水が合うって言うの? あたしのご先祖さまは、このあたりの出身だったのかもね」

「分かります。そういうの、すごくよく分かります」バーバラが熱っぽく同調する。

「あたしも何度か引越してるんですけど、どこでもいまひとつ馴染めなかったんです。でも、いま住んでる街は、全然違うの。着いたその日に分かりました。あ、ようやく自分の街に来たなって」

「そりゃ、ぼくとミッチがいたからじゃないの？」

シンイチが軽口をたたいたが、バーバラは冗談ととらず「うん、そういうことかもしれないね」、真顔で頷いている。

バーバラの予想外の反応に、シンイチはとっさに返事ができず、空のジュースを飲むまねをし、それから「やっぱり水が合ったんだね…」とかなんとかモゴモゴ呟いている。

いいなあ。こういう雰囲気、すごくいいなあ。

「ところでさ」と房子さん。「今日はみんなどこに帰るの？　なんだったら泊まっていってもいいけど、どうせ帰るとこあるんでしょ？」

「あ、はい。あの沢の向こうのほうにある別荘に泊まってます」とシンイチ。

「矢野先生の別荘？」

「ご存じなんですか？　うちの親父のこと」

「ご存じも何も、矢野先生、うちのダンナの碁敵よ。別荘に見えたときは、必ず手土産持って訪ねて下さるの。それで泊まり込みの三番勝負…、え、え、ちょっと待って！」

房子さんはテーブルに身を乗り出して、顔をぐーっとシンイチに近づけた。

「いま、『うちの親父』って言ったわよね。ということは、あなた、シンちゃん？　シンちゃんなの？」

シンイチはぽけっとして、房子さんを見ている。

「ええ。真一です。矢野真一」

「わあ、シンちゃんだ。ほんとにシンちゃんだ。すっかり大きくなってぇ。あんなに可愛かったのに」

バーバラが小声で付け足す。「いまでも可愛いとこありますよ」

「何年ぶりだろう。もう十年ぐらい経つ？　シンちゃん、憶えてないよねえ？　ちっちゃいとき、何度も遊びに来たのよ。あたし、フーちゃんよ。フーちゃん」

シンイチの顔は見ものだった。ただでさえ大きな目を二倍ぐらい大きくして、真ん丸に見開き、たっぷり十秒ほどフリーズした。それからゼンマイがほどけるように筋肉が緩んでぐしゃぐしゃの笑顔になり、「フーちゃん！」と一声叫んだ。

「フーちゃん！　憶えてるよ。モリモリのフーちゃんでしょ」

10　ポワロのこと

オレとバーバラは思わず顔を見合わせた。

「モリモリのフーちゃん？　どういうこと？」

今度はシンイチと房子さんが顔を見合わせて、ぷっと吹き出した。

「どういうことだろうねえ。なんだか知らないけど、あたしはシンちゃんからモリモリのフーちゃんって呼ばれてたの。うちのダンナに言わせると、モリモリ食べる、筋肉モリモリの意味だっていうんだけど、失礼よね。あたしは元気モリモリの積もりだったけど…、シンちゃんはどういう積もりだったんだろう。憶えてる？　憶えてないよね」

「いや、憶えてますよ、ってか、だんだん思い出してきた。親父の話だと、森の向こうのフーちゃんに会いに行こう、そう言ってたそうです。森の向こうのフーちゃん。小さい子供だからうまく言えなくて、モリモリのフーちゃん…」

「あ、そう。初めて聞いた。へえ、森のフーちゃんか。いいじゃん、いいじゃん。それ、すごくいいじゃん。なんか、おとぎ話のお姫様みたいね」

房子さんはすっかり気分を良くしている。

「シンちゃんどうしてるかなあって、うちのダンナとよく話してたのよ。昔のアルバム見ながらね。矢野先生、そのあと転勤なさったでしょう。四、五年前に戻ってこられて、それからまた時々立ち寄ってくださるけど…」

「ぼくは部活やら夏季講習やら、臨海学校やらいろいろあって、すっかり足が遠のいちゃったんです。たまに別荘に来ることがあっても、一泊か二泊だし、小さいころの記憶もだんだん薄れてきて…。ごめんなさい」

「いいって、いいって。モリモリのフーちゃんを憶えててくれたんだから」

そう言いながら房子さんはシンイチの頭をポンポンたたく。十年前にもどって、小さい子供をあやしてるみたいだ。

「でも記憶って不思議だなあ。ほんとに、ついさっきまですっかり忘れてたんですよ。それが、フーちゃんって聞いて、モリモリのフーちゃんって言葉を思い出して…、そしたら、水の中に沈んでたものが水面に浮かび上がってくるみたいに、次々にいろんなことを思い出して…。ダイちゃんはお元気ですか?」

「ん? ダイちゃんってだれ?」とバーバラ。

「ダイスケ。うちのダンナさん。もちろん元気よ。きょうは買い出しに出てるけど、シンちゃんの話聞いたらびっくりするだろうなあ。あ、ちょっと待ってね、いまアルバム持ってくる」

そのあとは大騒ぎだった。

「うわ、うわ、うわ、なにこれ!」

「ははは、かわいー！」

「ちょっと、ちょっと、ストップ！」

「だめ、もっと見せて！」

「え？　うそでしょう。ほんとにこれ、シンちゃん？」

　小さなシンイチがアルバムの中で大活躍している。そうだな、三歳から五、六歳ぐらいまでかな。木登り、水遊び、スイカ割り、それに昼寝。こりゃ子供にとっちゃ天国だね。こっちの写真は虫取りだな。補虫網を持ってる。バッタに蝶々、よく撮れてるなあ。おお、カエルとヘビも出てきたぞ。さっきのアオダイショウの祖先じゃないか。シンイチと睨めっこしてる。

　バーバラがオレの脇腹を肘でつつく。分かってるって、この写真だろ？

「ねえミッチ、さっきのヘビってさ、房子さんと出会う前兆だったんじゃないかな」

「うん、ヘビは神様の使いっていうからな」

　何か食べてる写真もたくさんあるぞ。モモ、スイカ、トウモロコシ、かき氷、これはなんだろう？　ザクロかな。シンイチを肩車しているのがダイちゃん、ダイスケさんに違いない。あれ、房子さんがほとんど写ってないな。どうして？

「あたしは撮る人なの。これでも若いころは写真家志望だったのよ。あの壁の写真も全部あたしが撮ったの」

納得。どうりで、生き生きと動き出しそうな写真ばかりだ。シンイチの親父さんも若いなあ。あ、シンイチと相撲とってる。ふうん、こんなころもあったんだ。

ああ、シンイチのお母さんもいる。こうやって見ると、シンイチにそっくりだなあ。こんな若くてきれいな人が亡くなっちまうんだから、ほんとに世の中ってのは…。とっ、とっ、いけねえ、柄にもなく感傷的になっちまった。ほら、バーバラ、なにか言ってくれよ。

「このきれいな人、シンちゃんのママじゃない？ 目元がそっくりね」

あちゃー（って、古いか）。もう少し空気読めよ。

「似てるかな？ 親父にはよく言われるけど」シンイチが笑いながらフォローする。「いま思うと、ここのこと忘れてたのは、ママが亡くなったせいかもしれないな…」

「きっとそうね」と房子さん。「矢野先生が転勤なさったのも、そういうことだったのかな。一度切り替える必要があったんでしょうね」

シンイチが話題を変えるように一枚の写真を指差した。

「あ、この子、憶えてる。ちょっと待って。フーちゃん、言わないでね。いま思い出すから」

シンイチが指差した「この子」は、耳の垂れた褐色の犬だ。小さなシンイチと並んで行儀よくお座りしている。

「ええとね、なんだっけ。ここまで出かかってるんだけど…。外国人みたいな名前。三文字だったような気がする」

「そうそう。三文字。すごい賢い子だったのよ」と房子さん。

「うん、賢かった…。人間の言葉が分かるみたいだった」

「最初の音だけ言うね。ポ…」

「あ、ポワロだ。そう、ポワロ、ポワロ！」

房子さんは思い出に浸るように目を細めている。

「雑種だけど賢くて、性格のいい子だった。あたしたち子供ができなかったから、ポワロが長男みたいなものよ。で、次男がわりがシンちゃん」

「あ、また思い出した。ポワロとよく、かくれんぼしたっけ」

「そうそう。ほっとくと二人でいつまでも遊んでたわよ。かくれんぼに鬼ごっこ…」

「二人で、ね。それで、ポワロはいま…」

房子さんは小さくため息をつき、指で天を指した。

「残念だけど、去年亡くなったわ。まあ、大往生よ。シンちゃんに初めて会ったころもう成犬だったから、人間でいえば百歳ぐらいまで生きたかしら。まもなく一周忌ね。あ、そっちのアルバムにポワロの写真たくさんあるわよ」

シンイチは次のアルバムを開いた。めくっていくと何枚もポワロの写真が出てくる。あくびをするポワロ。野原を駆けるポワロ。水浴びするポワロ。シンイチの顔をベロベロ舐めているポワロ。大きな黒い目でこちらを見つめるポワロ。

「ポワロ…」聞き取れないぐらい低い声で、シンイチが呟いた。「会いに来なくて、ごめん。いままで忘れていて、ごめんな」

バーバラがシンイチの腕にそっと自分の手を乗せた。ゆっくりその手を揺する。

「シンちゃん、ポワロのお墓参りに行こうか」

房子さんがおもむろに立ち上がった。

「ちょっと失礼」そう言って中座し、ほどなく戻ってきたが、鼻の頭が少し赤くなっている。

「はは。最近涙腺が弱くなってね。でもバーバラ、ありがとう。一周忌にシンちゃんたちが墓参りしてくれたら、ポワロもすっごく喜ぶと思う」

一周忌か…。そういえば間もなく旧盆だな。犬の霊もやっぱりお盆のころには家に帰ってくるのかな。ポワロのお墓ってどこにあるんだろう?

「でもお墓参りは今度にしようか。ほら、少し曇ってきた」

房子さんは窓の外を指差す。まだ三時を回ったばかりなのに、妙に暗くなってきた。

「ポワロのお墓は少し離れたところにあるのよ。きょうはこれから天気が崩れそうだから、あなたたち、早めに帰ったほうがいいわね。沢沿いに歩くならなおさら。十分気を付けてね」

というわけで、オレたちは早めにおいとますることにした。玄関口であらためて表札を見ると、ダイスケさんは「大輔」さんだった。何度もお礼を言い、シンイチは「ああ、フーちゃんに会えて良かった。夢みたいだな」と言いながら房子さんとしっかりハイタッチした。

房子さんはまた子供をあやすようにシンイチの頭をポンポンたたき、バーバラとオレにこう言った。

「でもさ、安心した。シンちゃんって、いい子だけど、けっこう人見知りするから、学校で友だちができないんじゃないかって心配してたのよ。いやあ良かった。バーバラとミッチ。あんたたち、ベストフレンドじゃない？　これからもよろしくね。あ、ちょっと待って。荷物になるけど、お土産のモモ、少し持っていって」

房子さんて、ほんとに不思議な人だ。なんかずっと昔からの知り合いみたい。シンイチと前世でつながってたのかな？　で、オレとシンイチも前世からの腐れ縁だとすると、オレと房子さんも「多生の縁」ってことになるね。

バーバラの場合はどうなんだろう? シンイチとは絶対どこかでつながってるな。ミチアキさんには全部お見通しだよ。

11 芭蕉とゴッホ

そんなこんなで、早めに帰途についたけど、沢を下っているうちからポツリポツリ降り始め、別荘の玄関にたどり着いた直後、本降りになった。

「おお、滑り込みセーフ! やっぱ日ごろの行いがいいんだよ。オレたち」

そう言ってはしゃいでいると、奥からたくさんタオルを抱えたスミさんが現れた。

「ほらほら、早く拭いて。夏でも濡れっぱなしは風邪をひきますよ」

オレたちは体を拭いて、スミさんが淹れてくれた紅茶を飲みながら、今日の出来事を逐一報告した。まあ、ほとんどバーバラが喋ったんだけどね。

スミさん、いつものようにニコニコしてバーバラの報告を聞いていたけど、ジュースとモモをご馳走になったところにくると、頓狂な声を出した。

「あら、それは大変!」

「え、なにが？」

「だって、そんな立派なモモを見ず知らずの方にご馳走になったわけでしょう？　すぐお礼に伺わなくちゃ、礼儀知らずにもほどがあります。喜一郎様に叱られますよ」

　スミさん、今にも雨の中に駆け出していきそうな気配だったので、オレたちは懸命に押しとどめた。

「違うんだよ。まだ続きがあるの」これはオレ。

「見ず知らずの人じゃなかったんです」これはシンイチ。

「あのね、モリモリのフーちゃんだったの」これ、バーバラ。

　それから三十分ぐらい、「？マーク」が出っ放しのスミさんに、フーちゃんとシンちゃん、ポワロをめぐるいきさつを詳しく説明した。

　ひととおり話を聞き終えたスミさんの第一声は「なんと、まあ」だった。

「なんと、まあ。そういうことってあるんですねえ。でも、シンイチさんはそれまで全部忘れていたんですか？」

「全部っていうか、ほとんど総て。なんとなく果樹園があったような気がするとか、楽しく遊んだような気がするとか、そんな感じだったんです。それがフーちゃんの話を聞いたり、アルバムを見てるうちに、どんどん記憶が甦って…、そう、昨日のことのように思い出して、自分でも驚いちゃった。ポワロの毛の感触や匂いまではっきり思い出せるんですよ」

「ああ、分かります。とってもよく分かります。この歳まで生きてるとね、忘れてることがいっぱいあって、それが何かの拍子に記憶の表面に突然浮かび上がってくるんです。一つ思い出すと、次から次へ…。わたくしなんかもう、変な言い方だけど、物忘れ術と思い出し術の達人みたいなものですよ。まあ、最近は忘れる一方ですけどね」

房子さんの農園には来週また行く予定だと言うと、スミさん、俄然張り切った。

「もちろん、わたくしもご一緒しますよ。なにかご馳走を持参しなきゃね。暑いから傷まないもの…、さっぱり系の中華なんかどうでしょう? ミチアキさん、少し荷物になるけどよろしくお願いしますね」

バーバラも張り切り始めた。

「なんか遠足みたいで楽しみだね。あたしも、途中のおやつと何かプレゼント用のお菓子でも作ろうかな。シンちゃん、房子さんの好きなものって分かる? そこまでは憶えてないか。あ、そうだ、スミさん、農園に行ったらポワロのお墓参りもするのよ。初盆なんだって」

雨はだいぶ小降りになったが、夜半まで静かに降り続けた。

夕食を食べながら（今日は焼豚丼と野菜の煮物）、バーバラがスミさんに尋ねる。

「今日は少し散歩なさったんですか？」

そうだ、スミさん、近場で足慣らしするって言ってたっけ。

「ええ、あたりをぶらぶらと。でも調子がいいから、けっこう歩きましたよ。あの、なんて言いましたっけ、大きな岩」

「十畳間？」

「そうそう、たぶんその十畳間だと思うけど、大きな平たい岩が見えるあたりまで行きました。本当に気持ちのいい沢ですねえ」

「でしょ、でしょ？」

「風が緑に染まって、体の中まで洗われるみたい。若返りますね」

「十畳間の上に上がったんですか？」

「まさか。あんな大きな岩、一人じゃ登れません。遠くから眺めただけですよ。来週みなさんとご一緒するとき、手を引いていただきます」

そうかなあ。スミさんなら、ヨイショと登っちゃいそうな気がするけど。で、岩の上から絶景を眺めながら一句…。

「ねえねえスミさん、俳句、詠めた？」

「だめですよ。吟行って、あんまり景色が美しいと詠めないものなんです。時間がかかるのね。きっと発酵する時間が必要なんでしょう」

「へえ、そういうものなんだ。オレ、絶対傑作ができると思ったんだけどな」

「そういうものですよ。芭蕉だって、松島じゃ詠めなかったでしょ？」

「え？　だって、あの、『松島や　ああ松島や　松島や』っての、あるじゃない。どっかでそんな句碑、見たよ」

「あれは作り話。奥の細道にははっきり『予は口を閉じて、眠らんとしていねられず』と書いてあります。あまりの美しさに興奮して眠れなかった、句作どころじゃなかった、という意味ね。もっとも、これも芭蕉一流の演出じゃないかという説がありますけど」

「演出？　どういうこと？」

「松島の絶景を印象付けるために、わざと自分の句を載せなかったんじゃないか、そういう解釈です。言われてみれば、そんな気もしますね」

「ああ、そうか。絵にも描けない美しさとか、筆舌に尽くしがたいとか言うもんね。その線を狙ったってことか」

　スミさんはホホホと笑った。最近ホホホって笑う人、少ないよね。オレは好きだけど。

「芭蕉は良い意味で外連味のある人ですからね」

黙って聞いていたバーバラが、突然叫んだ。

「分かった！」

こいつ、なんでも勝手に分かっちゃうんだよな。で、なに？

「あのさ、芭蕉さんってさ、ほんとは言葉の人じゃなくて、画家みたいな人なんじゃないかな？ もちろん、言葉の達人なんだけど、どこかで言葉の限界も知ってる、みたいな」

「あ、それ分かる」とシンイチ。「芭蕉の俳句って、すごく鮮やかな映像が浮かぶものが多いよね。荒海や、とか、光堂の句とか」

「そうそう」

「でも、ちょっと待てよ。岩にしみいる蝉の声とか、蛙飛びこむ水の音なんてのは、映像じゃなくて音だよね。どう考えりゃいいんだろう？」

「だからさ、画家なんだけど、情念と感覚の人でもあるんじゃない？ ゴッホみたいな…。そうだよ、芭蕉さんはゴッホなんだよ、きっと」

スミさんがまたホホホと笑った。

「わたくしはハルちゃんの意見に一票入れますよ。芭蕉がゴッホだなんて、おもしろいですね。よく俳聖芭蕉って言うでしょう？ でも『聖』を付けて奉ってしまうと、イメージが固まって本当の姿が見えなくなっちゃう。楽聖ベートーヴェンとか、書聖王羲之とかね。そうそう、九代目團十郎は劇聖なんて言いますね。でも、その道を究めた人って、実際は様々な顔を持っていて、だから多角的なアプローチが可能だと思うんですよ」

バーバラは箸を止めて、じっとスミさんの顔を見ている。

「スミさん、すごいなあ。そういう知識はどこで身に付けるんですか?」

「耳学問ですよ。わたくしは大学も行ってないし、いろいろ物知りの人に教えてもらうんです。あとはやっぱり本ですね。喜一郎様にもずいぶん教えていただきましたよ」

ふうん。爺様がスミさんにものを教えてるとこなんか、想像できないけど。護身術でも教えたのかな?

12　雨の日々

それから三日ばかり、雨がしとしとと降り続いた。

せっかく高原の別荘に来たのに、もったいないなあ。でも、わりとみんな平気なんだよね。バーバラは窓辺に座って、鼻歌を歌いながらずっと雨の景色を眺めているし、スミさんは何かノートに書き込みをしている。

シンイチは納戸の奥から古いギターを持ち出してきて、コードのおさらいなんかやってる。しょうがない、オレも何かやるか。

まあ、オレがやることって言ったら決まってるけどね。身体がなまらないように、ストレッチと腕立て伏せ百回、体幹強化のエクササイズ、これを毎日三セット。きょうはヒマだから五セットにするかな。
八十八、八十九、九十…、数えながら腕立てをやっていたら、急に押し潰された。げ、背中に何か乗ってる！　なんだ、なんだ。振り向いて見ると、「何か」の正体はバーバラだった。オレの背中を椅子がわりにして、どっかり腰を下ろしている。
「おい、どういう積もりだよ」

「あら、もう止めちゃうの？　トレーニングにならないわよ」

「なんでキミを乗せなきゃいけないわけ？」

「だって、動く木馬みたいで面白いんだもの」

しょうがねえなあ、じゃ、少しだけサービス…。ってか、相手が違うだろ？　退屈なら、シンイチにじゃれついてろ。な？

そのシンイチは気楽にスカボローフェアなんか歌ってる。

「おい、シンイチ。ちゃんとバーバラの相手をしてくれよ。オレはまじめに日課をこなしてんだからさ」

シンイチはギターのコードを弾きながらバーバラに話しかけた。

「ずっと雨降りで、少し退屈してるんじゃない？」

「違う違う。退屈なんかしてないよ。ただ、あたし、動いてるもの見ると、乗ってみたくなるの。ほら、言うじゃない。馬にはなんとかって」

「馬には乗ってみよ、人には添うてみよ」

「それそれ。さすがシンちゃん、古いことよく知ってるね」

「古いことだけね」

「またまたご謙遜を。ミッチが言ってたわよ。あいつは博覧会みたいだって」

バーバラ、いい加減、背中から降りてくれよ。それとオレが言ったのは「博覧会」じゃなくて「博覧強記」。

ようやくバーバラは背中から降りてシンイチのところに行った。

「あたしもギター練習しようかな。簡単なコードは分かるんだけど、ちょっと難しくなるとダメなの」

「だいじょうぶだよ、バーバラ、音感いいだろ。それにギターってさ、複雑なコードのほうが押さえるのは簡単なんだよ。メジャーセブンスとかナインスとか、そういうほうが楽に押さえられる。ほらね…」

よしよし、その調子。ちゃんとギター教室やってね。オレは腹筋やるから。

「アコースティック・ギターの音って、雨とよく合うのね。なんか、こうノスタルジックな響き…」

シンイチはトレモロの曲を弾き始めた。

「シンちゃん、上手ね。ほんとの雨音みたい…。あたし、こういう雨の日って好きよ。なんかね、遠い記憶を揺り起こしてくれるような感じ」

「遠い記憶?」

「うん、遠い遠い記憶。だって、雨って太古の昔から同じように降ってるわけでしょ? その、なんていうのかな、悠久のリズムみたいなものに包まれて、タイムトンネルに入ってるような気持ちになるの」

「タイムトンネルか。うん、言えてるかも。だいたいこの地球の形って、何万年もかかって雨が削り出したものだよね。だから雨って、人類の古い記憶としっかり結びついているのかもしれない」

「でしょ? シュルヴィッツっていう人の絵本に『あめのひ』ってのがあるんだけど、シンちゃん読んだことない? 小さいころ、あたしの愛読書だったの。文章は少なくて、ただ雨のイメージを淡々と描いてるだけ。雨が降って、雨樋を水が流れて、野原にも雨が降り注いで、川から海まで流れて…。何も特別なことは起こらないんだけど、何回読んでも飽きないの。雨が体の中に入ってきて、自分の体も雨の中に入っていって、大きな時間の流れに溶け込んでいくみたいな…」

「同じ人の絵本で『よあけ』っていうのはなかった？」

「あ、それもあたしのお気に入り。シンちゃん、読んだの？」

「うん。『よあけ』はすごく強烈な印象だった。親子が、あれ、老人と孫だったかな、一晩キャンプして、夜明け前の湖にボートでこぎ出して、朝日が昇るまでのひとときを描いてるだけなんだけど…」

「だけど、強烈なんでしょ？」

「うん。一日の最初の光が射すところがね。ガーン！　一瞬で世界が変わる。ぼくにとって夜明けのイメージは、あれで決まり。親父と釣りに行くたびに、あのシーンを思い出すんだ」

けっこう話が弾んでるじゃないか。スミさんも楽しそうに二人の会話を聞いてる。そう考えると、雨の日も捨てたもんじゃないな。もっとも、絵本の感想なんか話してるようじゃ、まだまだだけど。あと一押し、二押し。ああ世話が焼けること。

「雨の日は落ち着きますね。ハルちゃんのタイムトンネル説、わたくしも同感です」

　スミさんが会話に加わった。

「わたくしの場合、どうしても俳句の連想が多いけれど、そうですねえ、やっぱりまず、これですかね。五月雨を　集めて早し　最上川。もう一つ、かたつむり　甲斐も信濃も　雨の中」

「そのカタツムリってのは、だれの句ですか？」とバーバラ。

「飯田龍太さん。山梨出身の有名な俳人よ。この甲斐や信濃の雨なんて、なんだか大昔からずっと降り続いているような気がしますね。原始の雨っていうのかしら。芭蕉の五月雨も、実際に降っているのは梅雨の一時かもしれないけど、同時に、大昔から続いている自然の営みを感じさせるような…」

　そのあともスミさんは有名な俳句をいくつか引用した。二人とも質問を挟みながら熱心に聞いている。えらいなあ。オレは気が付いたらウトウト居眠りしてた。スミさんごめんね。だって前に三回ぐらい聞いた話だったんだもの。「風雅の誠」でしょ。「不易流行」でしょ。ちゃんと覚えてますよ。ああ、雨の日は眠いなあ。

13　スミさんのこと

雨の音を聴きながら三日間、オレたち、ずいぶんいろんな話をしたような気がする。なんか雨音を聴いていると頭がボーっとしてきてさ、バーバラじゃないけど、悠久のリズムに乗せられて、いろいろなことをとりとめなく考えるんだ。で、考えたことはすぐ口にする。気が付いてみると、あれやこれや、エンドレスに話を続けている。なんだか水族館の魚になったような気分。半分ぐらい夢を見てるような気分。だから夢と同じでさ、目が覚めると、話した内容はどんどん忘れてしまう。

でもいくつか、はっきり憶えている話もあるよ。

たとえば、タカラダニのこと。

なんでその話になったのか、はっきり憶えてないけど、たぶん、シンイチがアオダイショウのことを話したせいだと思う。なんでアオダイショウの話になったのか、それももう忘れちまったけど、とにかく動物って面白いよね、自然はいたるところ神秘に満ちているよね、みたいな話になったんだ。

で、オレは割と得意なテーマだから、一席ぶったわけ。こんなふうに。

「よく見ると、身近なところにも不思議なことがいっぱいあるんだぜ。たとえばさ、バーバラ、タカラダニって知ってる?」

「……」

「知らない? 春になるとベランダの手すりとかコンクリートの壁とか、小さな赤い虫が出てくるじゃない。ルーペで見ないと見えないぐらいのちっちゃなやつ。あれ、図鑑で調べたらタカラダニっていうりっぱな名前が付いてるんだよ」

「……」

「潰すと赤い体液が出るけど、特に害はないんだって。毎年春から夏前ぐらいにたくさん出てくるんだけどさ、そのあと突然いなくなっちゃう。で、次の年になると、また湧いて出てくる。あれ、いったいどこに消えるんだろうね。コンクリの割れ目とか、そういうとこに潜り込んで、卵で冬を越すのかなあ。神秘的だよね。うん、この世はいたるところ神秘に満ちている」

話している間、バーバラは黙って聞いていたけど、少し気味悪そうな顔をしてた。こりゃ、話題を間違ったかな。でも話し終えると、「今度よく観察してみるね」と言ってくれた。バーバラはほんとにいい子だな。

あと、比較的よく憶えているのは、類人猿のナックルウォークのこと(これもオレ)、ナマケモノの脳の中はどんなふうに時間が流れているかということ（これはシンイチ）、それから、雨の別荘と雪の山荘と完全犯罪のこと（これはバーバラ）。

いやあ、こうして振り返ってみるとけっこう思い出せるし、みんな面白い話ばかりじゃないか。

でも一番忘れがたいのは、日曜日の午後の話だな。スミさんは二階でお昼寝中。オレたち、思い思いに時間をつぶしていた。少し話し疲れたのかもしれないね。シンイチは読書、バーバラは料理レシピの研究、で、オレは何もしないでボーっと雨を見てた。

ボーっとしてたら、なんとなく二階で寝ているスミさんのことを考えたんだ。

オレが子供のころから一緒にいるスミさん。

オレがフルネームを知らなかったスミさん。

初恋のことをバーバラに話した（かもしれない？）スミさん。

オレって、スミさんのことを何も知らなかったな。何も考えてなかったな。

いま、スミさんはどんな夢を見ているんだろう？

スミさんは毎日何を考えているんだろう？

オレたちのことをどう思っているんだろう？

気が付いたら、バーバラにこう話し掛けていた。

「オレたち、あと何年生きられるのかなあ…」

「え?」

「いや、あと何年生きるか。たとえば、そういうことを考えるときって、どんな感じがするんだろう」

「どうしたの、急に?」

「オレってさ、アホじゃん。でも、アホなりに時々そういうこと考えるんだよ」

バーバラはなにか言おうとして、いったん開きかけた口を閉じた。かわりにシンイチが真面目な顔をしてこう言った。

「おまえはアホじゃなくて、いっぱしの哲学者だよ。でも、少し早すぎない? そういうこと考えるの」

「でもさ、早い遅いじゃなくてさ、なんていうか、だれでも死ぬときって必ず来るわけだろ? それに身の回りにも年取った人たちっていっぱいいるじゃん。たとえばスミさんとか…」

「ああ、そういうことか。でもスミさん、すごく元気だよ」

「いや、オレ、ふと思うんだよ。スミさんて、いつも落ち着いててさ、なんていうの、泰然自若っていうの? そういう感じじゃない? でも時々はそういうことも考えるのかな、なんて思うわけ。そういうときって、いったい何をどう感じるんだろう?」

「こんど、聞いといてあげよっか?」とバーバラ。

「バカ、やめろよ。…でも、ほんとにどう感じるのかなあ。あと何年生きられるのか、それが現実に、秒読みみたいになったときって…」

バーバラは少しふくれっ面をした。真剣にものを考えるときの表情だ。

「んん…、やっぱりその年になってみないと分からないわね」

「あとは不治の病に罹ったときとか…」

「ああ、オレたちってほんとアホだな。何も考えないで、のほほんと生きててさ」

しばらくだれも口を開かなかった。小降りになった雨が屋根にあたる音がはっきり聞こえる。

シンイチが本を閉じて立ち上がり、芝居のセリフのような文章を口にした。

「死とは裸で風の中に立つこと。そして光の中に溶け入ること…、なんてね」

「なに、それ?」

「ヨルダンの詩人の言葉。親父の本棚にあったんだ」

「ふうん、よく分かんないけど、なんかカッコいいね」とバーバラ。

そのあとは、あんまりよく憶えていない。スミさんが夕ごはんの支度に下りてきて、いつものようにバーバラとの掛け合いが始まった。アスパラの茹で方とか、ナスの選び方とか、そんな話をしてたような気がするけど…。

14　大昼食会

で、すっきり晴れました。

きょうは三日分の快晴だ。きっと暑くなるぞ。バーバラがまた「夏だね！」を連発した。

本日の予定は「吉岡農園」の再訪である。スミさんとバーバラは朝から中華惣菜やデザートの準備に余念がない。念のため房子さんに電話し、大輔さんがいることも確かめ、十時過ぎには別荘を出発した。

シンイチ、バーバラ、スミさん、オレの順に並んで沢を上っていく。雨で増水したが、後半は小降りだったので、水嵩はそれほど上がっていない。とはいえ濡れた岩に気をつけながら、慎重に足を運ぶ。リュックの中にご馳走がぎっしり詰まっているので、オレがコケたら悲惨なことになる。

巨岩の「十畳間」のところにくると、シンイチとバーバラがスミさんを手助けして、岩の上に引き上げてくれた。

「ほんとうに真っ平らですねえ」

岩の上を歩きながら、スミさんがゆっくり伸びをする。今日のスミさんは、オレの好きな一九六〇年代風のプリント・シャツを着て、とっても颯爽としている。あ、言い忘れたけど、スミさんってほとんど洋装なんだよ。みんな勝手に和服姿のお婆ちゃんを想像してなかった？ 前に「坊っちゃん」の清みたいって言ったから。あれは精神的な意味合いだよ。

「スミさん、スミさん。これよ、そのカルトゥーシュ」

バーバラが岩の表面の少し窪んだあたりを指差した。

スミさんは「あらあら」とか「どれどれ」とか言いながら、問題の鉤十字マークの前でしゃがみこんだ。

「言われてみれば、たしかにカルトゥーシュですねえ。ずいぶん古そうだけど、何かの記念かしら」

「でしょ？ なんだかロマンの香りがしません？ きっと大事な思い出を残そうとしたんですよ」

シンイチも覗きこんで「真ん中の鉤十字みたいなマークが謎だなあ」と呟いた。「屋号とか紋章とか、そんなものかな」

スミさんはおもむろに立ち上がってこう言った。「でも、良かったじゃないですか。だれが彫ったのか分からないけど、消えずにちゃんと残っていて」

そうだよな。こんな硬い岩に彫るのは楽じゃない。きっと一生懸命刻み付けたんだろうな。たまたまオレたちが見つけて良かったね。


吉岡農園が見えるあたりまで行くと、もう房子さんが家の前に出て手を振っていた。隣にいるのが大輔さんだな。大きな麦わら帽をかぶって、案山子みたいにひょろりと背の高い人。丸い眼鏡がキラキラ輝いている。まだ遠いのに何度もお辞儀しながら、大股でこちらに歩いてくる。

「シンちゃんか？　ほんとにシンちゃんか？　うわ、大きくなったな」

そう言うといきなり駆け寄ってきたが、そこで急停止。帽子を脱いで、白髪交じりの頭を掻いている。

「ええと、こういうとき、どうしたらいいんだろうな？　子供なら抱き上げるんだけど、もう高校生だもんな」

シンイチがすっと進み出て大輔さんの腰のあたりに手を回した。「ダイちゃん、お久しぶりです」そう言って、そのままヨイショと大きな身体を持ち上げた。

「うわ、うわ、シンちゃん、すごいぞ。すごい力持ち！」

大輔さんは少しだけ浮き上がった足をバタバタさせながら、子供みたいに歓声を上げた。房子さんは手を叩いて大笑いしている。

スミさんがさりげなく進み出てあいさつした。

「大変においしいモモをご馳走になったそうで…。お礼が遅くなって失礼しました。わたくし、大内寿美と申します。今回の夏休みに同道して、一緒に矢野先生の別荘に泊まっております」

オレも少しフォローする。

「スミさんはね、今回の夏季合宿のお目付け役なの。オレにとってお婆さんと同じ人。料理と俳句の名人だよ」

大輔さんと房子さんは、スミさんとしばらく「おとなのあいさつ」を交わした。ふうん、やっぱり年の功だな。こういうところがオレたちには真似できないね。たいしたこと言ってないんだけど、なんとなく和むというか、距離が縮まるというか、如才ない会話。オレもいつかできるようになるのかな?

大輔さんはオレとバーバラにあらためて話しかけた。

「で、きみがミッチ、こちらがバーバラでしょう? いい友だちが一緒だってフーコから話は聞いてたけど、ほんとにぼくのイメージ通り、すごく安心した。二人ともシンちゃんをよろしくね」

　なんだか父親のセリフみたいだな。そういえば房子さんにも「よろしく」って言われたっけ。だいじょうぶだよ、オレたち、たぶん前世からの腐れ縁だから。


　ほどなく吉岡家の居間で盛大な昼食会が開かれた。まず食前酒、じゃなかった、食前の特製スモモジュース。前菜は蒸し鶏と生春巻き、麻婆大根、主菜は黒酢酢豚と鶏肉の回鍋肉風。仕上げは黒胡椒とアサリ風味の焼きそば。

　こうやって食卓に並べてみると豪勢だね。スミさん、これを朝の二時間ぐらいで全部作っちゃったんだから凄いなあ。とにかく、いっただっきまーす。

　楽しい会食でおおいに話が弾んだ、と言いたいところだけど、実は食事中、みんなほとんど口をきかなかった。ときどき聞こえたのは、「うわあ、うめえなあ」とか「バカウマ！」とか「最高！」とか、そんな声ばかり。あとは、ときどき質問に応じてスミさんが作り方を説明していたっけ。で、ものの一時間で全員完食。

　デザートは当然、あの天界のモモ。今回はブドウも付きました。

　食後のコーヒーが出ると、バーバラがそわそわし始めた。気付いたスミさんが「ほらほら、ハルちゃんもご馳走があるんでしょ」と催促する。バーバラは少し小さな声で「ジャジャーン！」とやり、紙袋の中から銀紙の包みを取り出した。

「お口に合うかどうか分からないけど、いただいたモモを入れて焼いてみました」

おお、いい匂い！　満腹だけど思わず腹が鳴るような、いい匂い。さっそく房子さんが切り分けてくれた。

バーバラは心配そうにみんなの顔を見ている。

最初に大きな声を出したのは房子さんだった。

「なにこれ！　バーバラが焼いたの？　あんた、天才じゃない？　絶品、絶品。もう、ほっぺが落ちそう！」

大輔さんがすぐ、その後を引き取った。

「こんなうまいお菓子、ケーキ屋にだってないぞ。うちのモモが泣いて喜んでるよ。そうかあ、焼き菓子にするとこんなふうになるのか。バーバラ、このお菓子、なんていうの？」

バーバラは照れくさそうに「へへ」とか言いながら、「一応、モモのアーモンド・タルトです」と答えた。あ、こいつ、料理を褒められるとすごく照れるんだ。前にスミさんに褒められたときもそうだったもの。照れるってことは、嬉しいってことだな。ほら、シンイチ、なに黙って食ってんだよ。しっかり褒めなきゃ。

「いやあ、うまいなあ。な、な、シンイチ。きみもそう思うだろ？」

「うん、ほんとにおいしい。モモの甘味と香りが最高に生きてる。タルトの生地としっかり馴染んで、アーモンドとのバランスもいい感じ。やっぱり、最高のモモを使うとこうなるんですね」

おい、褒めるとこが違うだろ。モモじゃなくて、バーバラを褒めるんだよ。まったくもう…。ところがバーバラ、弾んだ声でこう言った。

「ありがとう、シンちゃん。そうなのよ。せっかくのモモをダメにしたらどうしようって、そればかり考えてたの。モモが生きてるって言ってくれて、ほんとに嬉しい。最高の材料をそのまま生かすのが、料理で一番難しいことなんですって。ね、スミさん」

「そうそう、ハルちゃんの言うとおり。いくら料理人が頑張っても、自然や神様にはかないませんからね」

あれ、意外な展開。これでいいのかな？　ま、結果オーライということで。

15　お墓参り

食後の腹ごなしを兼ねて、ポワロのお墓参りをしようということになった。

「少し歩くわよ。東のほうへ二十分ぐらい」と房子さん。「シンちゃん、憶えてないわよね？　前の古いおうち」

シンイチは少しの間、天井を睨んでいたが、「そうか、そうだったんだ」と言って何度も頷いた。「思い出しました。いや、先週来たとき、ずいぶん近いなあ、ぼくの記憶違いかなと思ったんだけど、やっぱり昔の家は向こうのほうにあったんですね」

「うん。五年ばかり前に引越したんだよ」と大輔さん。

「畑を拡張してさ、前の畑は少し土を休ませることにしたんだ。ちょうど家もだいぶ傷んできたから、それに合わせて建て直そうってことになって…。シンちゃん、前の家、憶えてるの？」

「全部は憶えてないけど、天井が高くて、囲炉裏とかあって、あと庭に井戸があって…」

「よく憶えてるなあ。そうそう、あれ、うちの親父が若いころに建てた家だからね。素人がみんなで寄ってたかって作ったもんだから、土台とか柱とか、少しヤワなとこもあったのよ。震災の時なんか相当ミシミシいって、やばいなあと思ってたから、引越しはちょうどいいタイミングだったんだ」

前の家はここから一キロちょっと東のほうにあったらしい。低い丘を越えたあたり。そうか、じゃ、やっぱりシンイチの記憶は正しかったんだ。

「スミさん、歩くとけっこうあるよ。車じゃなくて大丈夫？」

バーバラがスミさんの体力を心配している。でも当のスミさんは涼しい顔をして「平気平気。一キロぐらい走ったってへっちゃらですよ」なんて言ってる。

「それに、お墓参りはやっぱり歩いていかなきゃ。お仏さんもそのほうが喜んでくれますよ。人もワンちゃんも同じ。さあ出かけましょうか」

というわけで、一同打ちそろってテクテクと歩き出した。

自然に二つのグループに分かれる。前のほうは大輔さん、房子さん、シンイチの三人。後ろはスミさん、バーバラ、そしてオレ。シンイチたちは畑や灌木を指差しながら、時々大声で笑っている。大輔さん、楽しそうだな。十年ぶりに〝次男〟が帰ってきたんだから、当然か。バーバラは例によって、スミさんにいろんなことを熱心に報告している。オレはほとんど聞き役で、ときどき補足係。たとえばこんな具合——。

「でね、先週吊橋の向こうのほうに行ったら、大きなヘビがいたの。青っぽい色の。ええと、アオ、アオ…」

「アオダイショウ」

「そう、アオダイショウ。でもとってもおとなしいの。シンちゃんとじっと睨めっこしてたのよ。シンちゃんってば、何でも観察したがるのね。だからあんなに物知りなのかな。

ねえミッチ。シンちゃんって、博覧狂だよね？」

「だから、博覧強記だってば」

「それでね、先週房子さんにアルバム見せてもらったら、小さなシンちゃんがアオダイショウと睨めっこしていたの…」

モモとブドウの畑を右手に見ながらゆるい坂道を上っていくと、ほどなく丘の頂点に達した。一挙に東側の眺望が広がる。

右手は一面スモモの畑、いやプラムかな。あれ、スモモとプラムってどう違うの？あとから房子さんに聞こう。そのずっと奥の方に墓地らしきものが見える。左手は広い空き地で、一面雑草が生えている。これが昔の畑かもしれない。

「あ、スモモ！スモモ！」

バーバラが子供みたいに歓声をあげた。

声を聞きつけた房子さんが、笑って畑の中に入り、熟した実をもいできた。手ぬぐいでゴシゴシ擦り、バーバラに差し出す。オレとシンイチにも一個ずつ。

「おいしい！もぎたてって最高ですね」とバーバラ。

うん、なんだか小学生のころを思い出すな。近所の畑から盗んで食ったスモモの味。皮が付いたままガブッとかじりつく。外で食うのはやっぱりうまいなあ。

「ここのスモモがおいしいのは、お墓の近くだからかもしれないよ」

房子さんがドキッとするようなことを言う。

「ほら、昔は土葬だったじゃない。そこの墓地は先祖代々、江戸時代ぐらいからあるそうだからさ、きっと土にも人間のエキスが浸み込んでるのよ。なあんてね。ははは、冗談、冗談」

冗談って言われてもなあ。そういうことって、なんかあるんじゃね？　墓地の桜はきれいに咲くとかさ、東京湾のシャコはうまいとかさ、昔からいろいろ言うじゃない。

シンイチは「まあ土壌の栄養っていったら、窒素、リン酸、カリウムですからねえ」などと言っている。それ、どういう意味よ。

バーバラは「ほんとは人の味が一番おいしいんですってね」などと怖いことを言っている。みんな神経がタフなのか、単に鈍感なのか。

ともかくスモモ畑を抜けて無事、墓地に到着。二十基ばかりの墓石が雑然と並んでいる。かなり古い墓地だ。いくつかのお墓はお参りや手入れの跡があるが、雑草が伸び放題で見捨てられたような墓もたくさんある。

「ね、ほんとに古い墓地でしょう。昔はこの里に小さな農家や炭焼きの人がたくさんいたんですって」あたりを指し示しながら房子さんが説明する。

「うん、戦前の話だけどね」と大輔さん。「戦後はみんな都会に出てしまって、うちの親父の代にはもう十軒ぐらいしか残ってなかった。いい所なんだけどなあ。まあ経済の波には勝てないってことかな」と少し寂しそうに笑う。「いまでも毎年墓参りに来るのは三軒ぐらいじゃないかな」

あたりを見渡すと、たしかに三カ所ぐらい、こぎれいな区画がある。雑草が少なく墓石の苔もあまり生えていない。一番近くにあるのが「吉岡家之墓」。その左側にあるのは…、ありゃ、これも「吉岡家之墓」だよ。親戚かな？

「このあたりは吉岡姓が多いんだよ。半分ぐらい吉岡じゃないかな」大輔さんがそう言いながら、少し奥の一角を指差した。「向こうに、もう一つきれいな区画があるでしょ。あの墓石にはただ『先祖代々之墓』って書いてあるけど、あそこも吉岡さん」

ふうん。じゃあ、いまは吉岡一族の専用墓地ってことね。

16　謎の鉤十字

最初の「吉岡家之墓」の前で、大輔さんが軽く一礼し、シンイチにこう言った。

「シンちゃん、これだよ。これがポワロのお墓」

大きな御影石の墓石の傍らに、茶褐色の石板が横向きに置いてある。小さな西洋のお墓みたい。石板の中央に「Ｐｏｉｒｏｔ」と刻んである。

「どう、シンプルでいいでしょ？　ポワロと同じ色よ」と房子さん。「ほら、ポワロ、居眠りしてないで、起きて、起きて。シンちゃんが会いに来てくれたわよ」

シンイチは静かにしゃがんで合掌した。何かぶつぶつ呟いている。オレたちも立ったまま黙祷した。目を閉じるといろんな音が聞こえてくる。遠くの沢の音、草を渡る風の音、昆虫の羽音、それからシンイチのかすかな呟き声…。目を開けるとシンイチはまだ合掌していた。きっとポワロと積もる話があるんだろうな。

やがてシンイチは、ポワロの墓石の上にそっと右手を乗せた。もう一度目を閉じ、そのままの姿勢でじっと動かない。だれも口をきかず、ただシンイチの様子を見守っていた。二分、三分…、バーバラがシンイチの隣にしゃがみ込んで、同じように墓石に手を乗せた。小声でシンイチに話しかける。

「シンちゃん、何か感じる？」

シンイチがゆっくり目を開き、笑いながらバーバラに答えた。「ああ、感じるよ。こうやってるとさ、ポワロの鳴き声が聞こえるような気がするんだ」

そのとき遠くで犬の鳴き声が聞こえた。

「あれ、ほんとにポワロじゃねえの?」オレがそう言うと、バーバラがいきなり大声で「ポワロー!」と叫んだ。隣にいたシンイチはびっくりして固まっている。

「へへ、いるわけないか。ポワロはこの石の下だもんね」バーバラはそう言って立ち上がったが、悪びれる様子もない。「念のためにもう一回呼んでみるね」そしてひときわ大きな声で「ポ・ワ・ロー!」と叫んだ。返ってきたのは、「ギエーッ」という変な鳥の鳴き声。一同大爆笑。こいつにはうっかり冗談も言えないな。

人間のご先祖様にもお参りしたあと、シンイチが大輔さんに尋ねた。「ここの吉岡さんて、みんな親戚なんですか?」

「まあ親戚っていえば親戚だね。かなり遠縁の人もいるけど」と大輔さん。「日本人なんて、少し家系をさかのぼればみんな親戚みたいなもんだよ」

「じゃあ、お隣の吉岡さんにもお参りしておきましょうね」スミさんがそう言って、左側の「吉岡家之墓」のほうに行き、手を合わせた。こっちの墓石は少し小さいけど風格のある天然石だ。大輔さんと房子さんも合掌した。オレたちも右へならえ。

「このお墓は、けっこう近い縁戚だよ。爺さんが兄弟。だから親父の代はいとこ同士ね」大輔さんはそう言って、墓石の横にある石板を指差した。

「ほら、ここに吉岡壮介ってあるだろ? この壮介さんが、うちの親父のいとこ。親父とすごく仲がよかったんだけど、若いうちに病気でなくなってね。ええと、享年二十七歳。ほら、ここに書いてある」

「ずいぶん若かったのねえ」バーバラがそう言いながら石板の文字を覗き込んだが、急に「あ！」と言ってそのましゃがみ込んでしまった。

「バーバラ、どうしたの？」シンイチが声をかけると、バーバラは黙って石板の下のほうを指差している。「享年二十七歳」のもう少し下。

そこにあったのは、あの鉤十字マーク、バーバラの言うカルトゥーシュだ。

「わ、どういうこと、これ？」とシンイチ。

「ビンゴ！　大当たりだね」これはオレ。

「あらあら。なんと、まあ」これはスミさん。

大輔さんがのんびりした口調で説明する。「ああ、それね。面白いマークでしょ。うちの親父が若いころに彫ったんだよ。壮介さんに頼まれたんだって」

バーバラが立ち上がって矢継ぎ早に質問する。「え？　それいつの話ですか？　壮介さんて、どういう方だったんですか？　頼まれたってどういうこと？　そもそもこのマーク、どういう意味なんですか？」

大輔さんが目をぱちくりさせる。「どうしたの、バーバラ？　一度にたくさん聞かれてもなあ。ええと、最初の質問ってなんだっけ？」

房子さんが助け舟を出した。「いつの話なのかって。いいわよ、バーバラ、あたしが全部答えてあげる。喋るのはフーちゃんにまかしといて」

それから帰る道々、房子さんはオレたちに壮介さんのことを話してくれた。「最初に言っとくけど、ずいぶん昔の話で、全部また聞きよ。あたしはダイちゃんから聞いたんだけど、そのダイちゃんも、亡くなったお父さんから聞いたの」

房子さんが話してくれたのは、だいたいこんな話だった。

大輔さんのお父さんは、吉岡恭介さん。そのいとこにあたる吉岡壮介さんは、下の温泉街にある古い医院の長男だった。壮介さんは恭介さんより二歳年上。二人は兄弟のように仲がよく、この農園にも時々遊びに来ていたという。壮介さんはすごい秀才で、当然実家の医院を継ぐものと思われていたが、医大を出たあと故郷には帰らず、自衛隊の医官として洋上勤務に就いていた。

恭介さんは大学の農学部を出たあと、果樹園の拡張準備をしていたが、思いがけないところで壮介さんと再会した。知人の見舞いでたまたま訪れた大学病院の入院病棟。壮介さんは患者用の寝間着を着て、点滴スタンドを押していた。悪性のリンパ腫が進行しているのだという。その日から恭介さんは毎週見舞いに訪れたが、半年後、壮介さんは帰らぬ人に…。

「ちょっと待って」バーバラが話を遮る。

「壮介さんのご家族は？　それと、あのカルトゥーシュは？」

「カルなんだって？　ああ、あのマークね。だから、それを今から話そうとしていたんじゃない。バーバラ、せっかちね」房子さんが笑って話を続ける。

「ええと、壮介さんは独身よ。妹さんがいらしたけど、家を出てから疎遠になってたみたい。時々高齢のお母さんがお見舞いに見えるぐらいで…。だから最期はほんとうに恭介さんが看取ったようなものよ」

「ふうん…。で、あのマークは？」

「あれはね、壮介さんが亡くなる前に、恭介さんに頼んだんだって。まあ遺言みたいなものね。自分が死んだら、墓碑にこのマークを彫ってくれって、わざわざ紙に図柄を描いて手渡したそうよ。え、意味？　それは聞いたことないないなあ。ダイちゃんは何か聞いてる？」

「いや、ぼくも知らない」と大輔さん。「一度親父に聞いたことがあるんだけど、おまじないじゃないかな、とか言って笑ってた。いま思うと、親父は何か知ってたんじゃないかな。そんな気がする」

「そうですよ。きっと、とぼけていらしたんですよ」バーバラが大輔さんに同意する。

「ふつう、亡くなる人がおまじないなんか依頼しませんよね…。あのう、壮介さんて、エジプトのこと詳しくありませんでした?」

「エジプト? さあ、どうだろう。壮介さんのことだから、何にでも詳しかったとは思うけど…」

「ところで、壮介さんのご実家の医院って、いまもあるんですか?」

「もうないよ。石造りの頑丈な建物だったからね、先代が亡くなったあとは村に寄贈されて、公民館兼保健所みたいに使われていたんだ。でも、いまはもう取り壊されて、跡にスーパーが建っている」

バーバラが思案顔で足を止めた。

「じゃ、あのお墓はどなたがお参りしてるんでしょうね?」

大輔さんも足を止めた。

「そうだなあ。半年に一度ぐらい、だれかがお参りしてるみたいだね。ひょっとして妹さんかな。でも、全然音信不通だけどなあ」

なんとなくオレたちも足を止めた。家はもう目の前だ。そのとき房子さんがポンと手をたたいて、大きな声でこう言った。

17　天使が通る

「あ、いいこと思い付いた！　ねえねえ、みんな、来週あたり時間ある？」

もう一度吉岡家の居間でくつろぎ、冷たいお茶を飲みながら房子さんの「思い付き」を聞かせてもらった。

「あのねえ、シンちゃんたちがいるうちに、『お盆』をやろうと思うの。だって、ちょうどポワロの初盆の時季にシンちゃんが来たわけでしょ、これも何かの縁よ。まあ八月十五日には少し早いけど、月遅れの七夕に合わせてやればいいんじゃない？　このあたりじゃ、七夕と一緒にお盆の行事をやるところもあるし。ね、みんな、どう思う？」

「賛成！　異議なし！」真っ先に手を挙げたのは、当然バーバラだ。

「そうだね。ぼくも賛成」とシンイチ。「なんだか、ポワロがぼくを呼んでくれたような気がする」

オレももちろん賛成だけど、なにか気の利いたことをいわなきゃな。で、おもむろにこう言った。「肉体作業はなんでもオレに言いつけてください」

大輔さんがカレンダーを見ながら言った。「月遅れの七夕だと来週の火曜からの三日間だけど、みんな、大丈夫かな?」

「ぜーんぜん」とバーバラ。それから心配そうにこう付け加えた。「いいよね、スミさん?」

　スミさんは穏やかに笑いながら、ただこう言った。「ご縁ですもの。わたくしも交ぜて下さいね」

「ようし、それじゃ決定」と大輔さん。「七夕飾りを作って、お盆提灯を下げて、迎え火と送り火も焚いて、ついでに下の沢で灯籠流しもやるか」

「ついでに肝試し大会もやる?」とバーバラ。おいおい、調子に乗るなよ。

「ご縁と言えば、もう一つあるんですよ」とシンイチ。「これはバーバラから説明したら?」

「なに、シンちゃん? あ、そうか。例の話ね」

　それからバーバラは「十畳間」に刻まれていたカルトゥーシュの話をした。大輔さんも房子さんも初耳だったらしく、不思議そうに耳を傾けていた。

「ということは、なに? 壮介さんがその岩に彫ったってこと? そのカル、カルトゥーシュってのは、なんなの? おまじない? 暗号? どういう意味? それ、どうして見つけたのよ? 偶然?」今度は房子さんがバーバラを質問攻めにする。

「だからよく分からないんですよ。見つけたのは偶然だけど。あと、カルトゥーシュってのは、昔エジプトで使われていた特殊なマークです。シンちゃんの説ですけどね」

黙って話を聞いていたスミさんが、独り言のようにこう言った。

「ほんとに不思議なご縁…。この夏は、壮介さんとポワロに呼ばれたのかもしれませんね」

だれも答えず、束の間、微妙な沈黙が訪れた。

「あ、天使が通り過ぎた！」バーバラがすぐ沈黙を破る。

「フランス語で天使が通るって言うのよ、こういうの」

「へえ、バーバラ、よく知ってるわね」と房子さん。

「へへ、この間シンちゃんから聞いたばかり」

たしかに何か通り過ぎたような気がしたな。みんなスミさんの言葉に妙に納得して、気分がシンクロしたんだと思う。その空気がささっと流れたんだよ、たぶん。

そのあとオレたちはもう一度昔のアルバムを引っ張り出して、シンイチをからかいながら、ポワロのことや昔の吉岡農園の話をいろいろ聞かせてもらった。スミさんも興味深そうにアルバムを眺めている。

「やっぱりアルバムって大事ですねえ。わたくしなんか物忘れがひどいから、写真がないと夢と現実の区別もつかなくなりますよ。あら、この古い建物は？」

「ああ、それがさっき話した前の家ですよ」と大輔さん。「昔親父が建てた家。ちょっともったいなかったけど、雨漏りもひどくなってきたので、思い切って建て替えることにしたんです」

「恭介さんや壮介さんの写真はないんですか?」とバーバラ。

「親父も壮介さんも写真が嫌いでね。どうだろう。親父の写真は何枚かあると思うけど…」そう言いながら、大輔さんは引出しをガサゴソ探し、大きな茶封筒を引っ張り出した。

封筒から出てきたのは、少し退色したモノクロの写真。なかにはセピアがかった色合いのプリントも何枚かある。

「アルバムにするほどたくさんはないけど…、ああ、これは前の家を建てたときの記念写真だね。親父も若いなあ」

大輔さんが手にとったのは、十人ばかりの真っ黒に日焼けした男たちが、完成した家の前で整列している写真だ。

「日差しが強いから、みんなひどいしかめっ面だね。親父だけ、白い歯を見せて笑ってるよ」

大輔さんが指さした中央の男は、腕組みをして満面の笑みを浮かべている。これが恭介さんか。なるほど、たしかに大輔さんと雰囲気が似てるな。背も高いし。

「あ、こっちの写真は親父の遺影だよ。お葬式のときに使ったやつ。これ、フーコが撮ったんですよ。いい写真でしょう? 六十歳ぐらいのときだね。脳卒中で突然逝っちゃったけど、この写真、撮っておいてよかったなあ」

　きちんとネクタイを締めておめかししているけれど、すごく自然に笑っている。いまにも何か喋りそうだ。少し恥ずかしそうな表情にも見える。息子のお嫁さんに写真を撮られて、照れくさいのかな。でも優しそうな人だなあ。そうか、この人が壮介さんに頼まれて、あのマークを彫ったのか。ところで、壮介さんの写真は…。

「壮介さんのお写真はないんですか?」バーバラが訊ねた。オレと同じことを考えていたらしい。

「ずいぶん昔のことだからなあ。ふつうのスナップはないけど、どっかに一枚、証明書用の写真があったような…。ああ、あったあった」大輔さんが名刺判の写真を手に取った。

「たぶん自衛隊の医官になるときに撮った写真だと思うよ」

　そこには二十四、五歳ぐらいの細面の青年が、まっすぐ正面を向いて写っていた。ハンサムだがいかにも生真面目な秀才という感じ。証明書用の写真だから当然かもしれないけど、あまり個性が感じられない。全体にのっぺりした印象で、少し肖像画みたいに見える。

「ふうん、この写真じゃあまり分からないな」とバーバラ。「自衛官の証明写真そのものですね。本当の壮介さんって、どんな方だったんですか?」

「ぼくも直接会ったことはないからなあ。でも親父の話だと、ほんとにいい人だったみたいだよ。いい人っていうより、非の打ちどころがないスーパーマンみたいな感じ。頭がいい、優しい、明るい、話が面白い、そのうえ男前、だから男からも女からも好かれていたって。ああいう人に限って、なぜ早死にするんだろうって、親父は心底残念がってたな」

大輔さんの話を聞きながら、何も語りかけてくれない証明写真を、オレはもう一度眺めた。壮介さん、あの鉤十字マークはなんですか？　あのカルトゥーシュはどういう意味ですか？　あの「十畳間」の上で、昔どんなことがあったんですか？

じっと眺めていると、壮介さんがかすかに笑ったような気がした。少し悲しそうな目をしているけど、口元に穏やかな微笑みを浮かべている。気のせいかな？　五十年以上前の写真だから、久しぶりに人目にふれて嬉しいのかな？

「ねえ、フーちゃん…」不意にシンイチが口を開いた。「今度のお盆ってさ、壮介さんの分もやるんだよね？」

房子さんはバーバラみたいに拳を振りながら、陽気に答えた。

「当然でしょ。直系のご先祖じゃないけど、お義父さんの兄弟みたいな人ですもの。お墓だってお隣同士だしさ」

18　ミスターX

ということで、その日からほぼ一週間、オレたちは何度も吉岡農園に足を運び、お盆と七夕の準備を進めることになった。

一番張り切ったのは、言うまでもなくバーバラだ。なにかシコシコ書いていると思ったら、また「実施要項」を出してきた。

はいはい、拝見しますよ。

「お盆・七夕合同プロジェクト実施要項」

実施時期＝8月6日（火）から8日（木）まで。9日（金）は予備日

開催場所＝吉岡農園およびその周辺

参加者（敬称略）＝吉岡大輔、吉岡房子、大内寿美、矢野真一、吉村道明、バーバラ

実施内容＝①通常のお盆行事（迎え火、送り火、お盆提灯、灯籠流し、精霊馬ほか）

②七夕行事（竹飾り、花火ほか）

③その他（肝試し大会、盆踊りほか）

運営体制　統括担当＝吉岡大輔、吉岡房子
設営担当＝吉村道明、矢野真一（統括担当の指示の下に）
料理担当＝大内寿美、バーバラ
準備作業＝7月31日（水）～8月5日（月）の6日間
七夕の飾り（くす玉、吹き流し、短冊など）は、毎日少しずつ製作。
竹は6日の早朝に立てる。
一連の作業は原則として吉岡農園で行う。
その他留意事項＝5日（月）～8日（木）は吉岡農園に泊まり込む方向で調整する。
ポワロは初盆だが、白提灯にするかどうか、要検討。

「バーバラ、すげえな。なんでも計画立てちゃうんだね」素直に感想を述べた。「でも、こういうプラン作りってさ、きみのアバウトな性格からは想像できないいな」
「アバウト？　失礼ね、ミッチ」バーバラは笑って抗議する。「せめて、おおらかと言ってほしいわ。だいたいね、こういう計画作りって、ある程度アバウトだからできるのよ。細部にこだわらず、どんどん進めちゃう。具合が悪けりゃ、あとから手直しすればいいんだもの。要はロマンと決断力の問題よ」

「この、肝試しとか、盆踊りって、ほんとにやるの？」とシンイチ。

「やあね、シンちゃん。とりあえず書いてみただけよ。だから、ロマンの世界だってば。まあ、そのときになってやりたくなったら、やってもいいけど…」

準備作業は、実施要項どおり順調に進んだ。考えてみれば当然か、だれもバーバラの案に反対しないもの。シンイチは「ラジャー」（了解）のひとこと、スミさんはニコニコ笑うばかり、で、オレはバーバラに楯突くような無謀なまねはしない。

準備作業というと物々しいけど、要は午後になったら吉岡農園に出かけて、みんなでお喋りしながら短冊やくす玉を作って、夕ごはんを食べて帰ってくる。毎日その繰り返し。なんだか小さな子供に返ったような気分だな。

昔はどこの家庭でも、七夕飾りを手作りしてたそうだ。飾り物が大型化してほとんどの家ではずいぶん前に手作りをやめちゃったけど、うちは古い習慣を大事にする家だったんだね。オレが小学生のころまでは全部自前で作ってたんだよ。

七月になると毎晩、夕食のあと茶の間に材料をいっぱい広げて、くす玉や飾り物を作るんだ。花紙を細長く折りたたんで細い針金で真ん中をしばって、花形に広げてくす玉の籠に付けていく。千代紙を細く切って輪っかにして、鎖状の吹き流しを作る。遅くなると冷やし中華とかスイカとか、夜食も出てね。ああ、楽しかったなあ。うちは爺様とスミさん、爺様の弟子やゴローさんもよく来てくれた。爺様とゴローさんの掛け合いがすごくおもしろくてさ。スミさんは短冊に達筆で自作の俳句なんか書いていたな。

そうだよ、あれがオレの七夕だったんだ。どうしてあんなに楽しい作業をやめちゃったんだろう？　くす玉の花を作りながら、当時のことをスミさんに尋ねてみた。

「ああ、あれはね、いろいろなことが重なったんですよ。喜一郎様の仕事が忙しくなった。ゴローさんが長い旅行に出た。いい和紙が手に入らなくなった。それとミチアキさん、あなたのせいですよ」

「え、オレ？　どうして？」

「中学生になって、よく夜遊びするようになったじゃありませんか。ちっとも家にいないんですもの」

「夜遊び？　そんなんじゃないよ。あれはシンイチの家に行ってさ、親父さんの書斎に面白い本がたくさんあったから…」

「ほほ、冗談ですよ。中学生ぐらいになったら、家にあまり寄りつかないほうが健全ですもの。さて、これでよしっと…。ミチアキさん、手元がお留守ですよ」

スミさん、すごく手際がいいんだよ。さすがに年季が違うね。花作りなんかオレの三倍ぐらいのスピードじゃないかな。

すぐ隣では、バーバラがシンイチとなにかゴニョゴニョ話している。

「ねえ、きみたち、いちゃつくなら二人だけのときにしてくんない？」

「なによ、ミッチ。あのねえ、秘密の話は小声でするものなの」

「なんの秘密だよ」

「決まってるでしょ、カルトゥーシュ、または鉤十字の秘密」

「ふん、やっぱりその話か。で、なにか新発見はあったの？」

「新発見はないんだけどさ」とシンイチ。「壮介さんにしろ恭介さんにしろ、あのマークを彫ったのは半世紀も前の話だろ？　そんな昔のことなら、やっぱり年配の人の意見を聞いたほうがいいんじゃないか、そういう話をしてたところ」

「年配の人？　ああ、スミさんのこと？」

「はいはい、聞こえてますよ。なんですか？」

「スミさんの若いころって、ああいうマークが流行ってたんですか？」とシンイチ。

「さあ、マークのことはよく分からないけど…。そうですねえ、わたくしが一番不思議に思うのは、お墓参りの件ですね」

「お墓参り？」

「どなたかがずっと壮介さんのお墓参りをしてらしたんでしょう？　以前は恭介さんがな

さってたかもしれないけれど、そのあともごく最近まで、お墓参りを続けている方がいらしたわけですね。その方に事情を聞くのが一番だと思いますよ」

なるほど、さすがスミさん。でも、どうやってその人を探せばいいのさ。そう考えていたら、バーバラが大輔さんに尋ねた。

「壮介さんの妹さんはどうなんですか？　たしか音信不通っておっしゃいましたよね？」

「うん、全然連絡がとれないの。ご両親も知らないって話だったからね。あれ、駆け落ちか何かだったのかもしれないなあ…。それに、あのお墓参りは妹さんじゃないと思うよ」

「え、どうして？」

「あのあといろいろ考えていたら、すっかり忘れていたことを思い出したんだよ。五、六年前だったかな、壮介さんのお墓の前から立ち去る人を見かけたことがあるんだ。遠目で後ろ姿だったから顔は分からないけど、男の人だった。たぶん年配の男性だと思うよ」

「お話はなさらなかったんですね？」

「うん、声を掛けようかと思ったんだけど、ちょっと目を離したら煙のように消えてしまった…。はは、これじゃ幽霊みたいだね。でも、いったいだれだったんだろう。ぼくには心当たりがないなあ」

ふうん、「ミスターX」か。かくして謎は深まるばかり…。

19　青い世界

ま、そんなこんなで、週末までに七夕の飾り物はあらかた用意できた。あとは裏山から適当な竹を伐り出して、火曜日の朝に飾るだけ。牛乳の紙パックを利用したミニ灯籠もたくさんこしらえたし、下の温泉街で花火も買ってきた。

久しぶりの体験だったな。みんなで集まってワイワイ言いながら同じ作業をする。昔の井戸端会議ってのも、きっとこんな感じで楽しかったんだろうね。それと、大人数で食べる飯はやっぱりうまいな。ついつい食い過ぎてしまう。ここ数日で少し脇腹に肉がついたかも…。考えてみるとこの一週間、あまりエクササイズをやってないな。これは爺様にしかられますよ。

というわけで日曜日の朝、オレはいつもより少し早めに起きて、ジョギングと体幹強化のエクササイズをやることにした。

まだだれも起きてないだろうと思ってそっと一階に下りたが、窓の外を見るとスミさんが庭を歩いている。いや、歩いてはいないな。立ち止まったまま、じっと目を閉じている。少し顔を上げて、太陽の方向に向けている。日光浴かな？　お顔の日光浴？　まさか。

「スミさん、何してるの？」

声をかけると、目を閉じたまま返事をした。

「ああミチアキさんですね。目の日光浴ですよ」

「目の日光浴？ そんなの初めて聞いた」

「こうやって目を閉じてるとね、日の光が瞼を通過するでしょう。それで血の色が透けて見えて、目の前が真っ赤になるんですよ。ミチアキさんもやってごらんなさい」

どれどれ、ちょっと待って。あ、ほんとだ。一面血の海みたい…。

「どうです、真っ赤でしょう？ それでね、赤の世界に十分慣れたら、今度はぱっと目を開いて、周りの景色を眺めるんです。一緒にやりましょうか？」

黙って頷くと、スミさんが掛け声をかけた。「三、二、一、はい！」

ぱっと目を開くと、わ、わ、これはすごい。一面真っ青じゃないか。

「ね、今度は青い世界。どうです、きれいでしょう？ 見慣れた景色も、こうしてみると神秘的ですね」

ほんとだ。海の底にいるみたいだ。ああ、時間が経ったら、だんだん普通の色に戻ってきた。

「スミさん、昔からこんなことやってたの？」

「そうですよ。わたくし、この青い世界が好きなんです」

「どうして？」

「どうしてでしょうね。たぶん、優しいからじゃないですかね」

「へえ、青が優しいの？　じゃ、赤い色は？」

スミさんはちょっと思案するように、庭の大きな栗の木を見上げた。

「赤い色は、生きていますっていう色。青い色は、生きてていいよっていう色。そんな感じですかね」

「それ、超ムズいかも」

スミさんは左右を見回し、「ミチアキさん、ここだけの秘密ですよ」そう言って唇に指を当てた。なんだか芝居の仕草みたい。

「若いころにね、ちょっと辛いことがあったんです。その時に…」

「それ、うちに来る前の話？」

「そうです。ずっと昔の話ですよ。で、目を閉じてじっとしていたの。泣きたい気分をこらえて自分の心をなだめていたのね。そうしたら、たまたま日の光が顔に当たって、目の前が真っ赤になったんです。ああ、こんなに気分が落ち込んでいるときでも、血液は休みなく体中を流れているんだな、ぼんやりそんなことを考えながら目を見開いたら、今度は世の中が真っ青に見えたの。その青い世界を見ているうちに、すうっと心が軽くなったんです。どう言うんでしょうね、世界はすごくきれいだよ、そう捨てたもんじゃないよ、そう言われているような気がして…」

オレはちょっと驚いた。スミさんが自分のことをこんなふうに話してくれたのは初めてじゃないかな。

「それって、昔のことだよね？　スミさん、最近また辛いことでもあったの？」

「年寄りをからかっちゃいけませんよ。これは良い習慣だから続けているだけ。ビタミンDの補給にもなるし、ミチアキさんのエクササイズと同じですよ」

スミさんは二、三度、膝の屈伸運動をし、丸太のベンチに腰を下ろした。オレも少し離れて隣に座る。

静かな朝だ。小鳥のさえずりがおさまり、セミが鳴き始めるまで、束の間の静寂の時間。オレはスミさんの隣でもう一度、「赤の世界と青の世界」のエクササイズをやってみた。時間が止まったように感じる。なんだか、いまならスミさんにいろんなことを聞いても許してもらえそうな気がした。

「ねえねえ、スミさん…」

考えるより前に話し始めていた。

「えっと、オレ、まだ十六歳だけどさ、オレがスミさんの歳になったら、何を考えてるんだろうね?」

「さあ、どうでしょう。ミチアキさんは、今とあまり変わらないかもしれませんよ」

「そうかな」

「まあ、人によりけりですけどね。わたくしなんか、十六、七の小娘のころとあまり変わってませんよ。つい昨日のことのように感じます」

「ほんと?」

「まあ、いろいろ経験してきた分、思い出す材料はたくさんできましたけどね」

「それって、なんていうかさ、思い出に生きるとか、過去に生きるようになるってこと?」

　スミさんは右手の甲を口に当てて、ホ、ホ、と笑った。

「ミチアキさん、人間って、だれでも過去の記憶で生きてるんですよ。現在を生きる、なんてことができるのは、芸術家とか哲学者とか、ほんとに一握りの人たちです。未来を生きる人はもっと少ないでしょうね。ほとんどの人は思い出で生きている。それが大昔の記憶か、ごく最近の記憶か、要は程度問題だと思いますけどね」

「そっか…。言われてみりゃそうだね。オレなんか、しょっちゅう食い物のことばかり考えてるけどさ、ガキのころの好物と最近食ったうまいものと、その間を行ったり来たりしてるような感じだもの。あと武術やってるときもそうだね。いつも古来の型と一瞬前の動きと、その両方に乗っかって体を動かしているような感じ」

「そうそう。だからね、歳をとってもそんなには変わらないんですよ。表面は変わっても、中身はあんまり変わらない…」

オレは笑い皺の寄ったスミさんの目を見つめた。いつものように優しくオレに笑いかけている。笑っているけど、きょうは少し寂しそうにも見える。どうしてかな？　なんだかオレを通り越して、遠くのほうを見ているような感じがするんだ。

自分はスミさんのことを何も知らない、という思いがまた頭をもたげてきた。

スミさん、オレもっと聞きたいことがあるんだけど、聞いてもいいかな？　そう考えていると、スミさんがかすかに頷いたような気がした。

「ねえ、聞いてもいい？　スミさんはさ、どうしてウチに来たの？」

スミさんは「ああ、それはね…」と言って、いったん言葉を切った。

「それはなかなか手短に言えないんですけど、いつかちゃんとお話ししますよ。まあ一口で言えば、自分の居場所を見つけたってことでしょうかね」

「自分の居場所？」

「ええ、ここなら落ち着ける。自分がいていいんだって感じられるような場所」

「あ、前にバーバラも同じようなこと言ってた」

「ハルちゃんが？」

「うん、ようやく自分の街を見つけたような気がしたって」

「ああ、そのせいかも…。なんだかハルちゃんと話していると、すごく気持ちが穏やかになるんですよ。孫と話しているみたい」

納得、納得。やっぱりこれは、多生の縁ってやつだね。

そうだ、ついでに一つ、お願いしておかなきゃ。

「スミさん、あのさ、その〝お孫さん〟のために、折り入って頼みがあるんだけど」

「なんでしょう、あらたまって」

「バーバラ、いやハルちゃんとシンイチのことなんだけどさ…」

「ミチアキさん、そっとしておくのが一番ですよ」

へ、なんで分かるのよ？ まだ何も言ってないじゃん。

「スミさん、読心術やってたっけ？」

「ミチアキさんが考えることぐらい分かりますよ。それにあの二人を見ていればね」

「え、それどういうこと？ 何が分かるの？」

「あの二人は本当にお似合いですよ。だから、ミチアキさんがヤキモキしたり、お節介をしたりしたくなる気持ちは分かるけれど、どういうんでしょうねえ、そういうのはやっぱり自然の流れにまかせるのがいいんですよ」

「そうかなあ…。オレ、スミさんにキューピッド役をやってもらおうと思ったんだけどな」

スミさんは笑いながらひらひらと手を振った。

「このお婆ちゃんにキューピッドは無理ですよ」

「でもさ、シンイチはともかく、バーバラ…ハルちゃんは、自分の気持ちに気付いてないと思うんだよ。だからさ、スミさんからそれとなく、そのあたりを…」

スミさんは微笑みを浮かべたまま、ゆっくり左右に首を振った。

「いいじゃないですか。自分の気持ちに気付いていなくたって。あのね、和歌に相聞歌っていうのがあるでしょう? あの二人の話を聞いていると、ああ、これは相聞歌だな、そう思うんですよ。シンクロしたり、共鳴したりしながら進行する二つの声。音楽でいえば対位法ですね。でも相聞歌っていうのは本来、恋歌だけじゃなくて、夫婦や親兄弟、友だち同士の情愛を表現したものでもあったんですよ」

「なに、それどういうこと? あの二人は恋愛感情じゃないってこと?」

「さあ、どうでしょう。素敵な恋人同士になるか、一緒に暮らすようになるか、それとも理想的な友だちになるか、仕事の良きパートナーになるか。そういうことはだれにも分からないけれど、大事なのはそこに豊かな感情の交流があるかどうか、その一点じゃないでしょうかね。そういう人間関係ってめったにないものなんですよ。あの二人がお似合いだって言ったのは、そういう意味なんです。大丈夫ですよ、あの二人はちゃんと自分たちの世界を重ね合わせていくことができますよ」

そう言ってスミさんは立ち上がり、また屈伸運動を始めた。

ふうん、分かったような、分からないような…。なんだか、うまく丸め込まれたような気がするな。ま、いいか、オレとしてはシンイチとバーバラが雛壇に並ぼうが、大親友でいようが、要は親密な関係でいてくれればいいわけで…。まあ、オレだって一応親友なんだけどな。

「ねえ、スミさん。オレはどうなるの？　その相聞歌だか、豊かな感情の交流だかに、オレはまぜてもらえないの？」

「なに言ってるんですか。ミチアキさんもりっぱなお仲間ですよ。でも恋愛うんぬんの観点から言えば、ミチアキさんには別の方がいらっしゃるじゃないですか。ハルちゃんから聞いたけど、ええと、宗像さんっていいましたっけ？」

げ、バーバラのやつ、宗像良子のことまで話しやがったな。

20　良子のメール

昼前、オレはバーバラをつかまえて、ひとこと文句を言った。

「なんだよ、バーバラ。スミさんにまで良子の話をしなくたっていいじゃないか」

バーバラはオレのクレームをあっさり無視して、こう言った。

「そうだそうだ、すっかり忘れてた。ゆうべ良子からメールが来たのよ。ちょっと待っててね」そう言うと部屋に駆け上がり、すぐスマホを手に戻ってきた。良子からのメールを開いてオレに差し出す。

「いいなあ、オーストラリア。おもしろいからゆっくり読んでね」

「でも、おまえあてのメールだろ。勝手に読んでいいのかよ」

「なに言ってるの。良子はミッチが読むことを期待して書いてるのよ。少しはオトメ心ってものを理解しなさい」

まあ、そう言われちゃ読むしかないのかな。でも、他人のメールを読むってのは、こそばゆいというか、なんだかドキドキしますね。

一行目は「バーバラ、元気？　道明くんも元気かな？」だった。（以下、絵文字は省略）

南半球ってさ、けっこう寒いのね。冬だから当たり前か。考えてみりゃ南極があるんだものね。オーストラリアは最高だよ。食べ物はおいしいし、人は親切だし。あと、コセコセしてない。バーバラに合うかも。ええと、学校のことは今度会ったとき話します。とりあえず、特記事項だけ書くね。

シドニーでタクシーに乗ったらさ、ほんとビックリした。運転手が助手席のドアを開けて、乗れって言うのよ。で、その運転手がタンクトップ姿で、腕にはすごいタトゥーが入ってるの。さすがにあたしはちょっと引いたんだけど、運転手はカモン、カモンって笑いながら言うのよ。仕方なく助手席に座ったけど、最初は生きた心地がしなかったな。この運転手、ヤクザの用心棒なんじゃないか、法外な料金を取られたらどうしよう、いやいや、その程度ならいいけど、山奥に連れてかれて戻れなかったらどうしよう、とかさ、超ビビリまくりよ。ところが意外や意外、この運転手がすごく気さくでいい人だったの。観光案内みたいにいろいろ説明してくれてね、降りるときチップを払おうとしたら、外国から勉強に来てる若い子からチップをもらうわけにはいかない、そう言って逆に料金をおまけしてくれたの。

人は見かけで判断しちゃいけないってほんとだね。あとで聞いたら、オーストラリアのタクシーは客が一人のときはたいがい助手席を勧めるんだって。旅は道連れ、隣り合った席で仲良く世間話でもしながら行きましょう、そういう感じなのね。あたし、オーストラリアのこういうところが好きよ。ライフセーバーがすごく尊敬される国でもあるしね。きっと道明くんもこの国が気に入るんじゃないかな。

なんで突然、オレの名前が出てくるんだよ。

それにしても、ビビリまくってる良子って、なんか目に見えるようだな。あの子、気が強いようでほんとはかなり臆病だもんな。そんなことを考えながらニヤケていたら、バーバラと目が合った。

「どう、おもしろいでしょ？ 良子、かわいいでしょ？ その先がもっとおもしろくなるのよ」

どれどれ、けっこう長いメールだね。特記事項その二か…。

特記事項の二つめは、バーバラなら分かると思うけど、いわゆる表敬訪問です。事前にメールしてから会いにいったんだけど、ちょっと緊張しちゃった。ああ、でも会って良かった。すごくいい人ね、道明くんのお爺さまって。

高層ビルの二階に少林寺拳法の道場があって、金髪、茶髪、青い目、黒い目、白い肌、黒い肌、いろんな人が練習してた。師範とか師範代って、正面にどっかり腰を下ろして偉そうに腕を組んでるのかと思ったら、喜一郎さん（お爺さまの名前よ）は全然違うの。軽やかに生徒の間を飛び回って、笑いながら手取り足取り指導している。なんか、ダンスを踊ってるような感じ。白い顎髭を生やした塚原卜伝みたいな人を想像していたんだけど、全然違ってた。いい意味でね。髪は真っ白だけど、背筋がピンと伸びて、体の動きがとってもエレガントなの。オーケストラの指揮者か、フィギュアスケートのスター選手みたい。

あたしが自己紹介すると、「オー、リョーコ！」と言って外人みたいにハグしてくれた。それがちっともキザじゃないのよ。それからいろいろ話したんだけど、なんだかポーッとしてほとんど忘れちゃった。でも、道明くんの話は憶えてるよ。「ミチアキはいいやつでしょ？　あいつはバカだけど、筋のいいバカだ。物事を真っ直ぐ見ている。きみとはいい友だちになれると思う」だって。へへへ。友だち以上になれるといいけどね。

それから少林寺拳法の型を少し見せてくれて、シドニー滞在中に何か困ったことがあったらこの人たちに連絡しなさい、そう言って、教え子の中から警察官や大使館員、弁護士さんまで紹介してくれたの。喜一郎さん、すごい人脈。で、翌週の食事を約束して、その日はおいとましました。なんでも次の日、東京で会合があるんですって。

ねえ、バーバラ、そっちはどう？　山の別荘は快適？　シンちゃんとはうまくやってる？　道明くんには手出しちゃダメよ。オーストラリアはすごくいいところだけど、早くみんなに会いたいな。じゃあね。


「ね、よかったでしょ」

「……」

「なんか言いなさいよ。良子、えらいよね」

「おまえ、このこと知ってたの？」

「当然でしょ。馬を射んと欲すれば…、あれ？」

「将を射んと欲すれば」

「それそれ。将を射んと欲すれば…、あとなんだっけ？」

ふう、なんてこったい。シンイチの言ったとおりじゃないか。爺様も爺様だよ。なにが「いい友だちになれると思う」だよ。あああ、これでまたシンイチにからかわれる。

「おまえさ、この話、シンイチには言うなよ。な、な」

バーバラは返事をしない。オレの口元をじっと見ている。少し間をおいて「あのさ…」と言った。

「なんだよ」

「あのさ、ミッチって、ときどきあたしのこと『おまえ』って言うじゃない？　スミさんも言ってたけど、シンちゃんのことは『きみ』っていうのに、なんであたしは『おまえ』なの？」

「なんだよ、急に話を変えて…。別に理由なんかないよ。言いやすいからだろ」

バーバラは小さく口笛を吹いた。

「あたしは知ってるよ。あのね、ミッチは女子と話すとき、照れがあるの。だからそれを隠すために、わざとぶっきらぼうな話し方をするわけ。それで『おまえ』になるのよ」

「そんなこと全然意識してないけどな」

「そうでしょうね。意識しないでやってるの。でも、それじゃダメよ。あたしはいいけど、良子にはもっと優しく話をしないと」

く、く、く。そういう攻め方をしてきたか。

「おまえこそ、どうなんだよ。シンイチのことどう思ってるんだ？　あいつ、けっこうモテるんだぞ。ぼんやりしてると、だれかに取られちゃうぞ」

バーバラは「ははは」と声を出して笑い、片足でくるりと一回転した。

「シンちゃん？　もちろんダーイスキよ。ミッチも大好き。ああ、いい夏休みだなあ」

それから取って付けたように窓の外を見て、「お天気はだいじょうぶみたいね」と言った。「きょうは午後から竹を伐るんでしょ？　さて、お昼はどうしようかな。スミさんと相談してこようっと」

そう言い残して、軽やかに階段を駆け上がっていった。

21　竹林間一髪

その日の午後。吉岡農園の裏手の竹林に行った。シンイチとバーバラ、スミさん、オレの四人。温泉街に買い出しに出かけた大輔さんが、夕方戻ったら竹を伐ってくれるというので、その前に下見をしておこういう寸法だ。房子さんは夕食の支度でお留守番。

「気持ちのいい竹林だから、散歩がてらゆっくり見てきてね。あ、そうそう、念のためにこれ履いていって」

そう言って房子さんはゴム長を四足、玄関に並べてくれた。

「雨降ってないけど…。竹林ってそんなに足場が悪いんですか？」

バーバラの質問に、房子さんはさらりと答えた。

「マムシ対策よ。竹林ってさ、ときどきマムシが出るのよ」

バーバラは一瞬絶句したあと、気を取り直したようにこう言った。

「へえ、マムシですか…。まあ、なんていうか、自然と共生するってのは、そういうことですものね…。いざという時はミッチ、よろしくね」

いきなり人に振るなっての。どうよろしくすればいいんだよ。

結局、三人はゴム長を履き、オレはご好意を辞退してスニーカーで行くことにした。長靴だといざという時動きにくいんだよ。油断さえしてなけりゃ、マムシの気配ぐらい分かるさ。

ということで、やっと竹林に到達。そんなに大きくはないけど、太い竹が密生して時代劇の世界にスリップしたようだ。竹特有のいい匂いがする。光も匂いも青っぽく染められている。スミさんは木漏れ日が差す上のほうを眺めながら、何か口ずさんでいる。やっぱり俳句を考えてるんだろうな。

バーバラがときどき立ち止まり、こわごわ足元を点検する。「だいじょうぶだよ。こっちが気を付けていれば、だいたいマムシは逃げていくよ」とシンイチ。バーバラは「ほんとに？」と言いながら、シンイチの袖のあたりをしっかり握っている。アオダイショウには慣れたけど、さすがにマムシはまだ無理だな。

しばらく行くと、かすかな物音が聞こえてきた。本当にかすかな物音。

ほかの三人はまだ気づいていないけれど、繁みの向こうに何か生き物がいる。はっきり気配を感じる。

足を止めて様子をうかがう。シンイチがオレに話しかけようとしたので、唇に指を当てて、小さな声で「シ…」と言った。黙って前方を指差す。繁みの陰で何か褐色のものが動いている。

距離にして七、八メートル。段々物音が大きくなってきた。ガサゴソ、ガサゴソ、もう後ろの三人にもはっきり聞き取れる。

「なに？　ミッチ、あれなに？」

バーバラが小声で尋ねた。

オレも小声で答える。「イノシシだよ」

「タケノコでも掘り返してるんだろうな。だいじょうぶ。そっと離れよう」

オレたちはゆっくり竹林の外へ出ようとした。だがそのとき、イノシシの身体が繁みからのっそり現れ、オレたちと目が合った。体長一メートル以上、短いが牙もある。イノシシは、一度小さく体を震わせると、「フゴッ、フゴッ」と鳴き声をあげた。ときどき「シューシュー」という音も混じっている。

「威嚇してるけど、まだだいじょうぶ。刺激しなければ、向かってこないよ。目を離さずに、ゆっくり後ろに下がろう」

オレは昔爺様に教わったことを思い出しながら、そろそろと後ずさりを始めた。そのとき、二つのことがほぼ同時に起きた。

「みんな、どこ？　あのさ、ダイちゃん、早めに戻るって」

房子さんのよく響く声が後ろから聞こえてきた。

その直後、バーバラが下生えに足を取られて転倒した。「キャーッ」と派手な悲鳴も上げた。

イノシシは「グギャッ」というような唸り声をあげ、太い首を振り、前脚で激しく地面を引っかいた。「カッカッカッ」と歯を鳴らすような音をたて、いまにも突進しようとしている。まずい、パニックになりそうだぞ。

スミさんは転んだバーバラを一生懸命助け起こそうとしている。そのスミさんを守るように、シンイチは両手を広げて仁王立ちしている。

オレは覚悟を決めて、手を叩きながら右手の方に二、三歩踏み出した。ほら、こっちだ！　来るならこっちに来いよ！

イノシシはオレの方に向かってきたが、オレが「ハッ」と気合を発して一歩踏み出すとピタッと止まった。よくイノシシは猪突猛進、真っ直ぐ進むしか能がないみたいなことを言うけど、あれはウソだ。けっこう頭がよくて、動きも俊敏だ。多少興奮していても、敵が戦闘態勢にあるときは慎重に相手の力量を量ろうとする。イノシシはさかんに「フギャッ」と「カッカッ」を繰り返し、突進するまねをするが、オレとの間に二メートル半ぐらいの距離を維持している。

オレはイノシシから目を離さず、ゆっくり両手を挙げ（自分を大きく見せ）、低い声でイノシシに話しかけた。「ほらほら、少し落ち着けよ。そんなにやりたきゃ、やってもいいけど、オレは強いぞ。ケガするぞ。おとなしく帰ったほうがいいぞ…」

そのときシンイチが動きを見せた。オレに加勢しようとしたのだろう。オレの左側、イノシシから見ると右側にツツッと進み出て、パンパン手を叩き始めた。シンイチ、きみの勇気には敬意を表するけど、それ、逆効果かも…。

案の定、イノシシはくるりと向きを変え、シンイチの方に向かっていった。野性の本能で、闘うならこいつがいいと見定めたのだろう。一瞬シンイチの目が泳いだ。逃げようとして、横を向いた。まずい！　イノシシが一挙にシンイチとの距離を縮めた。

オレはとっさにイノシシに跳びついた。正確に言うと、イノシシの後ろ脚に跳びついた。両脚を一本ずつ握って、すぐ立ち上がる。イノシシは後ろ脚が宙に浮き、前脚だけで体を支える形になった。運搬用の手押し車、いわゆるネコ車みたいな格好だ。それでもイノシシは懸命に前に進もうとする。前脚で土を掻き、後ろ脚で激しく宙を蹴る。すごいパワーだ。オレはイノシシのネコ車を握ったまま、必死に踏ん張った。放すものか！　ここで放したらシンイチとスミさんが危ない！　だがイノシシの脚には剛毛が密生しており、後ろ脚が宙を蹴るたびに、ずるずると手の位置がずれる。このままでは、いずれ手が外れてしまう。どうする？　とにかく頑張るしかない。スミさん、バーバラ、早く逃げてくれよ。

懸命に踏ん張っていると、こめかみがガンガン鳴ってきた。頭の中ではドドドドとバイクのような音が聞こえる。脳の血管が破裂しそうになってるんじゃないか？　もうダメだ。イチかバチかイノシシの脚を握り直そうとしたが、そのはずみに右手がすっぽ抜けてしまった。慌てて掴み直そうとする。だがイノシシのパワーとスピードがそれを上回った。イノシシは鋭く胴体をひねり、一挙に左手も振り切った。

次の瞬間、イノシシは猛然とシンイチに向かってダッシュした。いかん！　万事休すか。その時だ。再びドドドという音が鳴り響き、大きな黒い物がイノシシの目の前で横倒しになった。

オレとスミさんは同時に叫んだ。

「爺様！」

「喜一郎様！」

22　機械仕掛けの…

イノシシの目の前で横倒しになっているのは、爺様愛用のバイク、「カワサキ」のZ400だ。

爺様はその傍らに立って、ゆっくり脚の屈伸運動をしている。だが視線は一瞬もイノシシから逸らさない。イノシシは爺様とオレの間で、「グググッグッ」と唸りながら体を揺すっている。新手の登場に動揺しているが、どこかに突破口を見つけて突進する積もりなのだろう。

「ミチアキ！」

爺様が押し殺した声で言った。それから右手の人差し指をクイッと小さく動かした。了解。長年一緒に修行してきたので、爺様のわずかな動きだけで、言いたいことはだいたい分かる。「もう一度、脚を掴め」、そういうことだろう。

爺様がゆっくり手を挙げた。イノシシが少し後ずさった。その一瞬をとらえて、オレは再度、後ろ脚に跳びついた。またネコ車の体勢だ。イノシシは前脚だけ地面について「ギーギー」鳴きながら、オレを振り切ろうとする。

「よし、放すなよ！」

　言うと同時に、爺様の体がふわりと宙に浮いた。まるで重さがないようだ。そのまま半回転して、イノシシの背中に音もなく飛び乗った。

　イノシシは何が起きたか分からず、背中に張り付いたものを懸命に振るい落とそうとするが、前脚しか使えないので動きが鈍い。その前脚も、やがてほとんど動かなくなってしまった。爺様が背中から手を回して前脚を掴み、思い切り胴体の方に引き寄せたのだ。イノシシは当然抵抗したが、前脚だけの不安定な体勢なので、あっさり潰れてしまった。前脚も後ろ脚も動きを封じられ、イノシシは太い丸太のように地べたに伸びた格好になった。

「シンイチ、バイクの小物入れにロープがあるから、それで後ろ脚を縛ってくれ」

　成り行きを呆然と見ていたシンイチはようやく我に返り、手早くロープとカッターを取り出すと、オレが掴んでいたイノシシの後ろ脚をきつく縛り上げた。ついでにロープの端を近くの木の幹に結える。余ったロープはオレが受け取り、爺様が押さえている前脚を慎重に縛った。手拭いで作った即席の口輪も噛ませた。念のため二重にロープをかけ、別の木に結び付ける。これで一丁あがり！　やれやれ。

「よし、あとは猟友会か町役場にまかせよう」

　爺様はそう言うと、すたすたとスミさんに歩み寄った。

「なんともないよね、スミさん。怖かった？」

スミさんは上気した笑顔でこう答えた。

「怖くはないけど、ハラハラしましたね。喜一郎様、少し登場が遅いですよ」

爺様は大仰に肩をすくめ「いやあ、面目ない」と言った。

「昔約束したものね。スミさんに危険が迫ったときは、どこにいても必ず助けに来るって。でもスミさん、そんな話、憶えててくれたの？」

「もちろんですよ。あの時、すごく嬉しかったんですもの。あれは、喜一郎様が高校生のときでしたね。でも正直言って、南半球から助けに来てくれるとは思いませんでしたよ」

「正直言って、ボクもここでイノシシ狩りをするとは思わなかったな。いや、みんなが矢野さんの別荘に来ていることは、ゴローから聞いて知ってたけど…。まあ、虫の知らせっていうのかな、ほんとに間一髪だったね」

それから爺様はバーバラに話しかけた。

「で、きみがバーバラだね。よろしく。ああ、ボクの想像どおりだ」

え、想像通りってどういうこと？ なんでバーバラのこと知ってるわけ？

「リョーコ君から話は聞いたよ。思ったとおり、真っ直ぐなニホンの女の子って感じだね。ミチアキもシンイチも悪いやつじゃないから、まあ、適当に遊んでやってね」

バーバラはしおらしく「初めまして、お爺様」などとあいさつしている。それからシンイチのほうを振り返って「きっと、こういうことを言うんだね？」と言った。

「こういうことって何さ？」とシンイチ。

「ほら、前にシンちゃん言ってたじゃない。昔の劇かなんかでさ、大詰めになると都合よく機械に乗った神様が現れて、問題を解決してくれるみたいな…。デウスなんとか」

「ああ、デウス・エクス・マキーナだろ？　機械に乗った神様」

「そうそう、そのマキーナよ。バイクに乗ったお爺様。そのものズバリじゃない」

そこに房子さんもやってきて話に加わった。バーバラの服に付いた泥を落としながら、まず全員の無事を確かめる。「すごいなあ、ミッチ。シンちゃんも頑張ったわね。スミさんはさすが肝が据わってるわ。バーバラ、足はだいじょうぶ？　いまダイちゃんに連絡したから。すぐ帰るって」

それから爺様にあいさつした、というか、一方的に話しかけた。

「この目で見なきゃ信じられないけど、熊を撃退したって話、やっぱり本当だったんですね。いやあ、びっくりしたなあ。最近、あちこちでイノシシの被害が多発してたんですよ。きっと、あいつだったのね。あ、初めまして、あたし吉岡房子です。ミッチのお爺様ですね。さっきのふわっと飛んだの、あれ、少林寺拳法ですか？」

「いやいや、なんていうか、その場の成り行きで…」

オレは爺様に少し説明した。ここに来た経緯、吉岡農園とシンイチのこと、お盆と七夕をいっしょにやろうという話。爺様は倒れたバイクを起こしながらふんふん話を聞いていたが、戻ってくるとあらためて房子さんに一礼した。

「スミさんと孫たちがすっかりお世話になって、まことにかたじけないことです。吉岡さん…、というと、吉岡壮介さんのご親戚ですか？」

オレとシンイチとバーバラは同時に「えっ！」と叫んだ。

一呼吸遅れて、房子さんはこう言った。

「あら、やだ。壮介さんをご存じなんですか？ あたしは、壮介のいとこにあたる吉岡恭介の家のもんです。最近、みんなで壮介さんの話をしたばかりなんですよ。まあ、立ち話もなんだから、とりあえず家に戻りましょう」

23　恋がたき

イノシシにシートをかけ、家に戻る途中で大輔さんに会った。

「ダイちゃん、すごかったのよ。もう大捕物でさ、ミッチもシンちゃんも頑張ったのよ。

こちらがミッチのお爺様。少林寺拳法の達人でね、前に熊をやっつけたんですって。いやあ、ダイちゃんにも見せたかったなあ。ふわっと空を飛んで、イノシシの背中に飛び乗ってね…」房子さんの話は止まらない。

大輔さんは爺様にあいさつしたあと、「フーちゃん、あとでゆっくり聞くからね。とりあえずイノシシの様子を見て、役場に連絡しておくよ」そう言って竹林のほうに行った。

家に戻り、居間に腰を下ろすと、オレはすぐ爺様に質問を…、しようと思ったらバーバラに先を越された。

「どうして壮介さんをご存じなんですか?」

爺様は屈託なく笑いながらバーバラに答える。

「ご存じもなにも、今日は壮介さんの墓参りに来たんだよ。たまたま東京で会合があったからさ、お盆も近いことだし」

え? それって…。一瞬ためらったら、また先を越された。

「え、え、お墓参り? じゃあ、毎年壮介さんのお墓参りをしていたのは、お爺様だったんですか?」

「そうだよ」

「どうして?」

「どうしてって、それが礼儀ってもんでしょう？」

オレとバーバラは思わず顔を見合わせた。なに言ってんの、この人？　礼儀ってどういうことよ？

「あのう、わたしが伺いたいのはですね、お爺様はどうやって壮介さんとお知り合いになったんですか？」

爺様は少し困ったような顔をして、ポリポリもみ上げのあたりを掻いた。

「知り合いなんかじゃないさ」

「お知り合いじゃない？　それじゃどうしてお墓参りを…」

爺様は小さくため息を吐くと、スミさんのほうをチラッと見て、それからおもむろにこう言った。

「生前の壮介さんに会ったことはないんだ。壮介さんはね、ボクの恋がたきなんだよ」

え、爺様、いまなんて言ったの？

予想もしない言葉が出てきたので、意味がうまく頭に入らない。

オレはぼうっと爺様の顔を見ていた。だれも話さない。五秒、十秒。バーバラがようやく口を開いた。

「コイガタキ、そうおっしゃいました？」

爺様は頭の後ろをポンポンと二度ほどたたいて、もう一度ため息を吐いた。

「うん、恋がたき、そう言った。まあ、大昔の話だからなあ。もう言ってもいいでしょう。ね、スミさん」

みんなの視線が今度はスミさんに集中した。

スミさんは黙ってゆっくり頷いた。それから居ずまいを正して、爺様に深々と頭を下げた。

「壮介さんのお墓参りをして下さったのは、やっぱり喜一郎様だったのですね。本当にありがとうございます。わたくしも何度か来ようとは思ったのですけれど、なかなか…」

爺様は照れくさそうに両手を挙げてひらひら動かした。「いやだなあ、スミさん、そんな大げさな。それより、こちらの吉岡さんは壮介さんのご親戚筋なんでしょ。それがシンイチの知り合いだったなんて、なんとも不思議な巡り合わせだな。ねえ」

「ほんとに不思議なご縁…。やっぱりこの夏は、壮介さんとポワロに呼ばれたみたいですね」

「あー！」

突然バーバラが奇声を発した。

「そういうこと？　スミさん、そういうことだったの？」

「なんですか？　ハルちゃん」

「このあいだ言ってた初恋の相手って、それ、壮介さんだったんですか？」

「ごめんなさいね。隠す積もりはなかったのだけれど、自分から言うのはどうにも気恥ずかしくて。でも、もう半世紀以上前の話ですからね。時効もいいところ…」

「ってことは、スミさん、あのカルトゥーシュの意味もご存じなんですか？」

スミさんは「ああ、カルトゥーシュ」と呟いて目を閉じた。

「あれを見たときは心底驚きましたよ。渓谷の岩の上で見たときは、まだ消えずに残っているのに驚いたのだけれど、壮介さんのお墓の石板にあの印が彫られているのを見たときは、心臓が止まりそうなほどびっくりしました」

「あれはたしか、壮介さんに頼まれて恭介さんが彫ったのよね」と房子さん。

「ええ、そのいきさつも知らなかったし、なにしろお墓参り自体が初めてだったから、あそこにあのマークが彫られているとは夢にも思わなかった…」

「結局、あの印はなんだったんですか？」

「だから、ハルちゃんの言うとおり、カルトゥーシュですよ」

スミさんはそう言って、傍らのメモ帳に例の図形を描き始めた。

「ほらね、この曲線が壮介の頭文字のS、それと交差しているこっちの曲線が寿美の頭文字のS。まあ逆でもいいですけどね。それをカルトゥーシュ風に楕円形で囲んだんです」

「どうしてカルトゥーシュにしたんですか？」とバーバラ。

スミさんはじっとバーバラを見つめ、それからふっと微笑んだ。

「そうね、そこが肝心ですね。ひとことでは答えられないから、あとでゆっくりお話しします」

24　初恋物語

結局、竹を伐り出すのは翌日の月曜日に回し、その日はイノシシを搬出し、爺様といっしょに夕食を食べ、半世紀前の「初恋物語」に耳を傾けた。スミさんの話はだいたいこんな感じ――。（カッコの中はだれかの質問と答え。主にバーバラだけどね）

わたくしはね、ここの隣村の生まれなんですよ。でも五歳のときに、集中豪雨のあとの土砂崩れで家が押し潰されて、たまたま小児喘息で入院していたわたくしだけが生き残ったの。孤児になったわたくしは、そのまま吉岡医院に引き取られました。そうです、先代の吉岡先生の養女になったんです。ですから壮介さんとは兄妹として育てられたわけね。

ちなみにいま使っている大内という苗字は、養女になる前の旧姓です。

(――ちょっ、ちょっと待って。じゃ、行方不明の妹さんって、スミさんだったの?)

(――そうですよ。その話はまたあとでね)

壮介さんはわたくしより三歳年上。妹思いの優しいお兄さんでね、小さいときはよく絵本を読んでくれたし、少し大きくなってからは毎週のように山歩きに連れて行ってくれました。そうそう、俳句の初歩を手ほどきしてくれたのも、壮介さんなの。とにかく、本当に仲の良い兄妹で、いつも一緒にいたような記憶があります。ところがね、壮介さんが大学の医学部、わたくしが高校に入ったころから、「仲の良い兄妹」が少しずつ変わり始めたんです。離れてる時間が増えた分、相手を思う時間も増えて、会いたいという気持ちが強くなったんでしょうね。恋愛論では結晶作用というんでしたっけ? もちろん手紙のやりとりはしていましたよ。ああ、いま思うと、手紙という形もお互いの気持ちを高める方向に作用したんでしょうね。

それで、わたくしが高校二年の夏休みのときに、壮介さんからはっきり気持ちを告げられたんです。え、そのときの気持ち? そうですねえ、まだ十六歳ですからねえ。でも幸せで息が苦しいような感じ、ふわふわ雲の上を歩いているような感じだったのは、はっきり憶えていますよ。少し熱が出て、足元がふらふらしていたような気もします。

でも、それからが大変だったんです。少し冷静になって考えてみると、わたくしたちは兄妹だったんですね。親にも言えない。友だちにも言えない。ああ、どうしよう、こんなことが許されるんだろうか。真剣に悩みましたね。

（――いいじゃない。兄妹っていっても、血のつながりはないんでしょ？　なんの問題もないじゃない。養子に来た人と結婚するなんて、世の中にはいくらでもある話だよ）

（――そうね、でも当時はそう思えなかったの）

（――なぜ？）

ハルちゃん、今とは時代も環境も全然違うのよ。こういう田舎だし、古い家柄でしょ。世間の見る目っていうものもあるしね。でも、それ以上に大きかったのは、やっぱり両親の気持ちですね。なんていうか、両親の気持ちをひどく裏切ってしまうような気がしたんです。だって、長い間、実の子として可愛がってきたのに、せっかく仲の良い兄妹として育ててきたのに、その娘が突然、息子の恋人になるわけでしょう？　それはやっぱり許されないことだ、そう感じましたね。孤児だったわたくしを引き取って育ててくれた大きな恩を、仇で返すことになってしまう、そう思ったんです。

（――そういうものかなあ。壮介さんのほうはどうだったの？）

それはもう真剣でしたね。自分のこの気持ちはごまかせない。だから、いつまでも待つと言ってくれました。

(――待つってどういうこと?)

自分の気持ちははっきりしている。親も世間も関係ない。でも、そのことでスミさんを苦しめることだけはしたくない。壮介さんはよくそうおっしゃってました。だから、わたくしの気持ちがきちんと整理されて、苦しんだり悩んだりせずに相手を受け入れることができるようになるまで、何年でも待ち続ける、それが壮介さんの考え方でした。

(――でもさ、スミさんだって壮介さんのこと好きだったんでしょ?)

好き? とてもそんな言葉では表現できないですね。わたくしにとって壮介さんはすべてでした。この世界のすべて。世界のすべてが、壮介さんを通して現れてくるのです。いま思うと、初恋っていうのはやっぱり病気ですね。すばらしく神々しい病気……。

(――駆け落ちなんてことは考えなかったの?)

考えましたとも。何度もね。最初に壮介さんが言い出して、二人で何度も話し合い、わたくしも相当迷いました。でもね、やっぱり両親を裏切ることはできない。それだけは人としてやってはいけないことだ、そう思ったの。結局、その思いを振り切ることはできませんでした。

それで夏休みの最後の日に、壮介さんに告げたんです。わたくしの決心を。ええ、あの渓谷の大きな岩、ハルちゃんの言う十畳間のところで。わたくしも壮介さんのことをお慕いしているけれど、恋人になることはできない。やっぱり仲の良い兄妹のままでいましょう、それが両親のためにも、壮介さんのためにも一番いいことですって。

ハルちゃん、そんな悲しそうな顔しないで。もう遠い昔の話よ。そりゃあね、あのころはほんとに苦しかったけれど、ある意味ではあの時の決心のおかげで喜一郎様にもミチアキさんにもお会いできたわけだし、ハルちゃんとも会えたわけでしょう？　人生って先のことはほんとに分かりませんね。

（──あのカルトゥーシュは？　それからスミさん、どうして行方不明になっちゃったの？）

カルトゥーシュはそのままの意味ですよ。エジプトのファラオたちは近親婚が多かったでしょ。あの楕円形で囲まれた兄妹の名前が、石に刻み込まれ、神々に祝福されて永遠に歴史に残る…。壮介さんはね、わたくしの決心を聞くと、とても辛そうな顔をしたけれど、すぐ納得してくださいました。ああ、本当になんという人でしょう。自分のことより、わたくしを苦しめたくなかったんですね。それで、せめて太古の王族のように、自分たちの名前を岩に残そう、そうおっしゃったんです。家からノミだかタガネだか工具を持ってきて、あの岩の上で一心不乱に彫り続けました。二人だけに分かるカルトゥーシュをね。一時間もかかったかしら。日が西に傾いて、ヒグラシが鳴いて、壮介さんは汗だくになって、わたくしはずっと泣いていたような気がします…。だめよ、ハルちゃんも泣いちゃ。ずっと昔の、ただの思い出話ですからね。

(――泣いてなんかいませんよ。感動して涙が出ただけです…。あ、ミッチも泣いてる。それ涙だよね?)

いやですねえ、ミチアキさんまで。ええと、それで、もう一つの質問はなんでしたっけ? そうか、行方不明の件ですね。なぜ家を出たのか? まあひとことで言えば、とても耐えられなかった、そういうことでしょうかね。仲の良い兄妹のままでいる、言葉で言うのは簡単だけれど、いったん恋に落ちた男女にとっては地獄の苦しみです。少しでも楽になる唯一の方法は、忘れること。忘れることができないなら、会わずにいること。自分の意志で会わないのが難しいなら、会えなくなるような状況を作ってしまうこと、そう考えたんです。

(――で、家出しちゃったの? 何も言わずに?)

置手紙は残しましたよ。壮介さんには本心を書いて。これが苦しみから逃れる唯一の方法だから、どうか私を探さないで下さい、そう記しました。親にはただ、気の病を治すためしばらく一人になります、必ず戻るので心配しないで下さい、そんなふうに書いた憶えがあります。

それでだれにも言わずに手荷物をまとめて家を出たんです。とりあえず街に出たけれど、これからどうしよう、思いあぐねて駅の周辺をうろうろしていました。当時わたくしは女子校の寮に入っていたのですが、新学期になって寮に戻れば壮介さんが訪ねてくるかもしれない。だからわたくしは寮に戻る積りはなかったし、学校もやめる覚悟でした。でもほんとは、寮以外に行くあてなんかなかったのです。バカですねえ。後先も考えず…。まあ、いま思うと、どうなってもいいと思っていたんでしょうね。

若い人たちはご存じないでしょうけれど、あの当時、駅の裏手のほう、特に夜の駅裏は相当危険な地域でした。街娼にポン引き、愚連隊…、こんな言葉、知らないでしょうね、そういうあやしげな人たちがウロウロしていたの。で、わたくしは街中をさまよっているうちに、いつの間にか駅裏界隈に足を踏み入れていたんですね。気が付くとチンピラ風の男に声を掛けられて、小走りに逃げようとしたら、前からも怖そうな男たちが現れて、わたくしはその場に立ちすくんでしまいました。そんな体験をしたことがなかったので、足が一歩も動かず、声も出ないんです。どうしよう、どうしよう、と思っているうちに、男の一人がわたくしの肩に手を掛けて…。キャーッと思い切り叫びたかったのですが、まったく声が出ません。そのとき、来て下さったんです。

（――え、来たって、だれが？）

だれだと思います？　ハルちゃん、さっき喜一郎様が現れたとき、デウス・エクス・マキーナって言ったでしょ。それですよ。ただし、そのときの「デウス」はバイクじゃなくて、自転車にまたがって現れたんです。それも二人乗りで…。後ろの荷台に乗っていたのは、まだ小学生だった喜一郎様ですよ。


えーっ！　爺様を除く全員がいっせいに叫んだ。

爺様は下を向いてくっくっと笑いを噛み殺すと、両手で顔をつるんと撫で、愉快そうそうにこう言った。

「ようやくボクが登場したか。スミさん、ここからはボクが説明するよ。いいでしょ？」

25　ボディーガード

「と言っても、話すことはもうあまりないんだけどね」

爺様はそう言って、スモモのジュースをうまそうに飲み干した。

「ボクは子供だったから大人の会話の綾はよく分からないけど、親父が、あ、ボクの父親ね、名前は誠三っていうんだけどね、その親父が男たちのほうに歩いていって、二言、三言、言葉をかけたんだ。ごく普通の調子だったよ。そしたら男たちが、ペコペコお辞儀したり、頭を掻いたりしながら、立ち去っていったんだ」

「あれ、どういうことだったんでしょうね?」とスミさん。「魔法みたいでした。聞いちゃいけないような気がして、そのあと誠三様にも伺ったことはないんですけど」

「親父はあの界隈じゃけっこう有名だったんだよ」

「ヒエーッ!」バーバラが変な声を出した。「なんか、よほど悪いことでもしてたんですか?」

　爺様はハッハッと鷹揚に笑いながら、バーバラの質問に答えた。

「だれでもそう思うよね。ボクも最初はそう思ってたんだ。でも違うんだよ。まあ多少は悪いこともしただろうけど、親父は基本的に義侠心の人だった。弱きを助け強きをくじく、みたいな。で、喧嘩が滅法強かった。ほんと、ウソみたいに強いんだよ」

「やっぱり武術家だったんですか?」とバーバラ。

「いや、そういうのじゃないんだ。大陸からの引き揚げ組でね。兵隊ヤクザくずれっていうのかな。生き延びるために身に付けた喧嘩殺法だね、あれは。なにしろ面倒見がよくて腕っぷしが強いから、いろんなもめ事が親父のところに持ち込まれるんだ。喧嘩の仲裁、用心棒の依頼、一時期は探偵稼業みたいなことまでやっていたな。警察にもヤクザにも顔が利く。だからね、あの界隈にたむろしているチンピラなんて、親父の前じゃ借りてきたネコみたいなものさ」

「やっぱりそういうことだったんですね。なんとなく察してはいたんですけど…」とスミさん。「でも誠三様ってふだんはとても穏やかなお人柄だったでしょ？　ああいう危ない人たちといったいどういう繋がりがあるのか、想像もつかなかったんです」

「ほんとに死線を潜り抜けてきた人間ってのは、そんなものですよ。飄々として、むやみに騒ぎ立てない。ボクが親父から一番学んだのは、その点だな」

　曾祖父にあたる誠三さんのことは、オレも写真でしか知らない。あとはスミさんの思い出話。スミさんは誠三さんのことを話すときは、いつも少し眩しそうに目を細めていたな。だからオレの中で誠三さんは仏様みたいな人、ずっとそんなイメージだったんだ。でも爺様が「滅法強い」って言うんだから、ほんとうに恐ろしく強かったんだろうね。一度会ってみたかったなあ。

「誠三さんってすごい人ですね。お仕事は何をしてらしたんですか？」バーバラが好奇心丸出しで質問する。

「いろいろだね。人に頼まれるといやと言えない性格だから、市会議員から消防団長までなんでも引き受けていたけど、ずっと一貫してやっていたのは彫刻と書道かな」

「彫刻ですか。武術のほうは？」

「ああ、親父は全然やってないよ。少林寺拳法はね、ボクが小学六年のときに勝手に始めたの。スミさんがうちに来てからだね。だって親父ったら、十一歳のボクをつかまえてこう言ったんだよ。『おい、お前の仕事ができたぞ。お前はこれからスミさんのボディーガードをやれ。男子一生の仕事だぞ』」

スミさんがホホホと笑った。「あのときはわたくしも驚きました。でも、もっと驚いたのは、喜一郎様がすぐ少林寺拳法の道場に通い始めたことですね」

「ボクなりに必死だったんだよ。まあ親父にしてみると、それだけスミさんのことが心配だったんだろうね。あと、あれだけ喧嘩の強い人だったから、ボクに格闘技の才能があることを見抜いていたのかもしれない」

ふうん、格闘の才能は吉村家のＤＮＡなのかな。それにしても、爺様の少林寺拳法がボディーガードのためだったなんて、初耳だよ。

「それで、それで？　チンピラからスミさんを救い出して、そのあとはどうなったの？」

バーバラがせっかちに先を促す。そうそう、そこが知りたかったんだ。スミさんはどうしてうちで暮らすことになったのさ？

「親父は何も言わなかったなあ。スミさんにも何も尋ねなかった。ただ自転車を引きながら家まで歩いて、その間に言ったことは『しばらくうちでゆっくりするといい』、それだけだったよ。ね、スミさん？」

「そうでしたね。喜一郎様のほうがわたくしに気を遣って、いろいろ話し掛けてくださいました」

「あれ、そうだっけ？　まあボクはガキのころからフェミニストだったからね。で、家に着くと、親父はお袋に『しばらくこの娘の面倒をみてやってくれ』、一言そう言っただけ。それで次の日から、スミさんは家族同様に暮らすことになったんだ」

「そんなに簡単にいくもんですかねえ…。やっぱり戦争を経験している人は違うなあ」

それまで黙って話を聞いていた房子さんが独り言のように呟いた。「あ、ごめんなさい。話の腰を折って。一つ聞いてもいいですか？　スミさんはそのあと、誠三さんや奥様と話はなさらなかったんですか？　だからその、家を出たいきさつとか、壮介さんとのこととか…。あと、学校はどうなさったんですか？」

スミさんは二度、三度、大きく頷いて口を開いた。

「当時のことはいま思うと不思議なことばかりで、半分夢の中にいたような気がします。成り行きに流されるまま静かに時間が経っていった、そんな感じなんですよ。たしかなことは、誠三様も奥様も大変に大きな方で、わたくしはこの方々のご厚意に甘えていいのかもしれない、自然にそう思えるようになったということです。家を出た経緯については、誠三様は本当に何ひとつお尋ねになりませんでした。ただ奥様には、少し時間が経ってからすべてお話しさせていただきました。奥様は話を聞き終えると、ただわたくしの手をしっかり握りしめ、『だいじょうぶ、だいじょうぶ』、何度もそうおっしゃってくださいました。ああ、それから学校の件ですね。どういう手続きをしたのか分かりませんが、わたくしは秋から別の女子校に通うようになったんです」

「それって…」シンイチが遠慮がちに言葉をはさんだ。

「それって、けっこう大変ですよね。入学とか転校の手続きって、いろいろ書類もそろえなきゃいけないし。いったいどうやったんでしょうね」

「それについては、ボクから説明できるよ」

　爺様が再び話を引き取って話し始めた。

「親父はね、お袋から詳しい話を聞くと、吉岡さんのご両親に手紙を書いたんだ。スミさんの様子を説明したうえで、自分たちが責任をもってお預かりするから、しばらくそっと見守ってほしい、それが本人のためにも一番いいことだ、そう説得したんだよ。後日、吉岡医院まで直接出向いて、ご両親とじっくり話をしたらしい。だから転校の手続きも、住民票の異動も、ご両親の了解を得たうえでやったことなんだよ。余計な気を遣わせるから、スミさんには黙っていたようだけど」

スミさんは深く頷きながら爺様の話に耳を傾けていた。ときどき「あっ」というように口元に手をやる。いろいろ思い当たることがあるのかもしれない。爺様が話し終えると少し沈黙が訪れた。

「でもさあ、でもさあ」突然、バーバラの声が響いた。沈黙を破るのはいつもバーバラだ。

「でも、そのころ喜一郎さんはまだ子供だったんでしょ? どうしてそんな事情をご存知だったんですか?」

爺様はバーバラに向かってくしゃっと顔をしかめてみせた。

「バーバラ、痛いところを突くね。まあ子供っていっても小学六年だからね。それに最初から全部分かってたわけじゃない。中学のころまでに、親に尋ねたり、探りを入れたり、こっそり立ち聞きしたり…、だんだんと分かってきたんだ。なにしろボディーガードを命じられたわけだからね、自分が守るべき人間のことは一通り知っておく必要があるだろ?」

「あ、分かった!」

また出ましたよ。バーバラの「分かった」が。

「要するに、喜一郎少年はスミさんのことが好きだったんですね」

爺様は両手で胸を押さえ、ゆっくり倒れるまねをした。

「ははは。だから最初に言ったじゃないか。壮介さんはボクの恋がたきだって。ボクの初恋は中学一年のとき。ああ、あのころのスミさんはきれいだったなあ。いまでもきれいだけどね。だけど、ボクは初恋と同時にすぐ失恋したんだ。だって、スミさんのことを知れば知るほど、壮介さんとじゃ勝負にならないって分かったんだもの。だからボクはボディーガードに専念することにしたわけ」

スミさんはまたホホホと笑った。笑ったけど、少し涙目になっているようにも見える。なんとなく話が一巡したような気がした。だれも質問しない。五十年以上前の話をゆっくり反芻している、そんな感じ。その間、爺様とスミさんは二人だけで静かに昔話をしていた。ああ、この光景、久しぶりだな。

「喜一郎様、ほんとに優秀なボディーガードでしたよ。何度か危ないところを助けていただきましたね」

「だいたいスミさんが美人すぎるんだよ。それに壮介さんが亡くなった後は、少し情緒不安定だったでしょ」

「あのころは情緒不安定というより自己嫌悪でしたね。だから、吉岡の両親にお詫びに行こうと思っていたのに、とうとうそれができなかった。壮介さんのお墓参りにも結局行かずじまいで…」

「だいじょうぶ。ボクが代行したから。墓参代行もボディーガードの務めだよ」

「そういえば、護身術についてもいろいろご教示いただきましたね。指一本で大の男を動けなくする方法とか」

「あ、覚えててくれた？　あれ、役に立つでしょ。いまでもまだできる？」

なんだ、スミさんが爺様から教わったことって、やっぱり護身術だったのか。

26　南の遠い国

夜も更けてきたので、結局その晩はみんなで吉岡農園に泊まることにした。「実施要項」より一日前倒しだけど、夜道は危ないしね。みんなでワイワイ言いながら、居間と奥の間に布団を敷いた。修学旅行みたいで楽しかったな。さすがに枕投げはしなかったけど。

翌日の月曜日は手分けして準備作業の総仕上げ。スミさんとバーバラは別荘に戻って、必要な食材や着替えなんかを運んできた。爺様は二人を手伝って、なんどもバイクで往復する。オレとシンイチは大輔さんといっしょに、あらためて七夕用の竹の伐り出し。房子さんは、ええと何してたっけ？　休みなくお喋りしてたような気がするけど…。そうか、後片付けやオレたちの衣服の洗濯、食事の準備、その他雑用全般、いろいろ大変だったんだ。

バーバラの実施要項では「竹は6日の早朝に立てる」となっていたけど、ついでに今日中に立ててしまうことにした。まず竹を三本紐で結わえて、先のほうに小さな滑車を取り付ける。穴を掘って、杭を立てて、穴にストンと竹を差し込んで、杭にしっかり縛り付ける。うん、上等上等。夕方の夏空を背景にすっくと竹竿が立って、上のほうで青い葉がさわさわと風に揺れている。いいなあ、飾り付けがなくても、十分七夕気分になれるじゃないか。

竹竿に見とれていると、「わあ、すごーい。七夕だ、七夕だ」背後でバーバラの歓声が聞こえた。

「ずいぶんりっぱな青竹なのね。あ、ちゃんと滑車も付いてる。明日の飾り付けが楽しみだね。…あれっ」

バーバラはそこで言葉を切って、両手を腰に当てた。竹の上のほうをじっと見ている。

「ん、どうかした?」とシンイチ。

「あのさ、短冊は先に付けなくて良かったの? あんな高いところ、あとから付けるの、大変だよね」

オレは思わずシンイチと顔を見合わせた。

「あたしはいいけどさあ、短冊付けなかったら、スミさん、きっとガッカリするわよ。達筆で俳句とかたくさん書いてたから」

「そうだよ、シンイチ。どうしよう？　大輔さん、どうします？　やっぱりやり直しかな…」

大輔さんはスコップや縄を片付けながら、笑ってオレたちの話を聞いている。

「だいじょうぶだよ。短冊はね、もっと丈の低い笹竹に別に付けるの。あとから短冊用のやつも切っておくよ」

そうだよ、バーバラ、おどかすなよ。そう言おうと思ったら、バーバラは澄ました顔で「そうよね。笹の葉さらさら、軒端に揺れるって言うものね」などと言っている。


その日はあと、あんまりすることもなくて、夕涼みがてら辺りを散歩したり、大輔さんに野草の名前を教えてもらったり、そんなことをしているうちに夕食になった。タケノコと山菜入りの炊き込みごはん、鶏肉と厚揚げの中華風炒め、ネギとシイタケと卵の吸い物、それにお新香。七夕の前夜祭としてはあっさりしたメニューだけど、こういうのが一番おいしいんだよ。大人数で食べるときは、特にそう。まあ、このにぎやかな顔ぶれで八月の山の家でしょ、おむすび一つでも最高のご馳走だと思うよ。

食後はまたモモとブドウを食べながら、おしゃべりタイム。この日の話題は、もっぱら爺様のオーストラリアでの武勇伝だ。次から次とすごい話が出てくる。強盗に拳銃を突き付けられ返り討ちにした話。バスジャックの犯人を捕まえた話。麻薬のシンジケートを相手に大立ち回りをやった話。まるで映画みたいだ。ほんとかなあと思うけど、これが全部本当なんだから恐ろしい。爺様は絶対ウソは言わないからね。

「ところでさ、なんでオーストラリアっていうか知ってる?」

爺様が急に声の調子を変えて、シンイチに訊ねた。

「え、どうしてだろ。分かりません」

「シンイチは物知りだから、ひょっとして知ってるかもしれないと思ったんだがなあ。あのね、テルラ・アウストラリス・インコグニタ、それが由来なんだって」

「テルラ・アウストラリス…。どういう意味ですか?」

「ラテン語だけど、南方の知られざる土地、そんな意味らしいよ。十六世紀ごろのヨーロッパの地図にね、南の方に大きな陸地が描いてあって、そこにテルラ・アウストラリス・インコグニタって書いてあるんだ」

「ふうん。じゃ、オーストラリアって南のほうってことなのかな」

「そういうことだね。昔のヨーロッパ人にとって、『南』ってのはなんだか得体の知れないもの、未知なるものの代名詞だったんだよ。だから、知らないところは怖いからさ、人間は乱暴になる。南米でも、アフリカでも、オーストラリアでも、西洋人はひどいことをしまくっただろ？　そうそう、ロアルド・ダールって作家がいるじゃない？『あなたに似た人』って読んだことある？」

急に話が飛躍する。爺様のいつもの癖だ。シンイチは少し面食らいながら「短編集ですよね」とか言って調子を合わせている。

「そうそう。その中にね、『南から来た男』って短編があるのよ。これ、傑作。ギャンブル中毒の得体の知れない男の話なんだけど、その男はやっぱり南から来るわけね。すごく示唆的だと思う」

シンイチは「ああ」と言って、おでこを指先でコツコツ叩いた。「思い出しました。それ、けっこう怖い話ですよね。なんで南から来たんだろう、漠然とそう思ったけど、中学の時だったからあまり深く考えなかった」

「それじゃあさ、『渚にて』っていうのは知ってる？」

ほら、また話が飛んだ。爺様はシンイチの答えを待たず話を続ける。

「ネビル・シュートっていうＳＦ作家が書いた近未来小説でね、人類最後の日を描いたかなりシリアスな物語だよ。その舞台になるのがオーストラリアなんだ」

「人類最後の日？　宇宙人ですか、ウイルスですか、それとも気候変動とか？」とバーバラ。

「いや、その小説が書かれたころの最大の脅威は核戦争だったんだよ。第三次世界大戦が勃発して、高濃度の放射能が地球全域を覆い始めるんだ。ニューヨークもロサンゼルスも壊滅、パリもロンドンも、やがて東京も通信が途絶える。北半球ではほとんどの人が死滅してしまうけれど、南半球はまだ比較的汚染が少なかった。それも時間の問題だけどね。たまたま深海を潜航していて生き延びた原子力潜水艦の乗組員たちがメルボルンに入港して、現地人とともに最後の日々を過ごすことになるんだ」

ううん、たしかにシリアスだなあ。バーバラも怒ったような顔をして神妙に耳を傾けている。最後にこう質問した。

「どうしてオーストラリアが舞台になったんでしょうね」

「いい質問だよ、バーバラ。それが言いたかったんだ。やっぱりオーストラリアっていうのは、ヨーロッパ人にとって一番遠いところなんじゃないかな。地理的にも、時間的にも、感覚的にも。それと、地球で最も古い大陸の一つで、資源的にも恵まれている。その気になれば完全な自給自足ができる国。そういうことも関係しているんじゃないかな。何かさ、人類が終焉を迎えるにふさわしい舞台みたいな…」

「喜一郎様はオーストラリアがほんとにお好きなんですね」スミさんが独り言のように

言った。

「そうだね。最初はそうでもなかったけど、半年も暮らしたらすっかり気に入った。オーストラリアの人間はね、多少行儀が悪くても、気の悪い人はあんまりいない。ボクはそういう気取らないところが好きさ。まあ、かつては先住民にひどいことをしたり、白豪主義なんて時代もあったけど、その反省を生かして、少しずつ開かれたいい国になってきたと思うよ」

スミさんは目を細めて爺様の話を聞いていたが、「オーストラリアにはいつまでいらっしゃるお積りですか」さりげなくそう訊いた。

爺様は少し天井の一角を見つめ、それから西洋人のように肩をすくめて言った。

「分からない。まあ、スミさんが帰ってこいって言うまでかな」

さあて、今夜はこのぐらいで、お開き、お開き。

27　番小屋の会話

というわけで、ジャジャーン！　オレたちの七夕祭りが始まった。

早起きして、涼しいうちにくす玉と吹き流しを青竹に取り付ける。滑車にくぐらせた麻ひもの端をくす玉のてっぺんに結わえ、ひもを引くとスルスルとくす玉が空に舞い上がり、吹き流しが朝風に揺れた。三連のくす玉と吹き流し。一番下には大きな金紙・銀紙で作った折り鶴も吊した。

玄関の脇には少し小ぶりな笹竹を立て、スミさんとバーバラが五色の短冊を付ける。バーバラが歌い始めた。「五色の短冊、わたしが書いた…、あれ、そのあと、なんだっけ？」スミさんが笑ってあとを続ける。「お星さまきらきら、空から見てる」それからもう一度初めに戻り、今度は二人で合唱。「笹の葉さらさら、軒端に揺れる…」

朝食の支度をしていた房子さんも外に出てきた。

「うわあ、きれい。あたし、本格的な七夕飾りって初めてなの。いいなあ。心が洗われるなあ。ご先祖様も見てるよね、きっと」

「昔はこのあたりでもけっこう大きいのを作ってたんだけどね」と大輔さん。「人が減ったからさ。見る人がいなくなると、だんだん作らなくなっちゃう」

腕組みしてじっと七夕飾りを見ていた爺様が、突然大声で「やっぱり、最高だなあ」と言った。「なあミチアキ、憶えているか？　おまえが小さいころはウチでもこんなやつを作ったんだよ」

「憶えているさ。ゴローさんも来て、毎晩夜食が出て、夏の一大イベントだもの。すごく楽しかった」

「オーストラリアもいいけど、やっぱり日本はいいな。この年になるとしみじみ思うよ」

へえ、それ本心かね。ちょっとからかってやろう。

「ずいぶん月並みなこと言うんだね。爺様らしくない」

「はっはっ。これが爺様の正体なんだよ。ミチアキ、いいこと教えてやろうか。ボクの若いころの夢はね、平凡な人間になること、そして早く八十歳になること。どうだ、すごく月並みだろ?」

隣でスミさんがクスクス笑っている。「ちっとも月並みじゃありませんよ。だって喜一郎様ったら、中学のころからそんなことばかり言ってるんですもの。ずいぶんませた中学生でしたね」

「別にませてはいないと思うけどなあ。素直に、本心からそう思ったんだよ」

「でも、竹林の賢人が言いそうなことじゃありませんか」

オレは静かにその場を離れた。爺様とスミさんの軽妙な掛け合いを邪魔したくなかったんだ。本当はもっと聞いていたかったけど。


それからの三日間は、ゆったりと、またたく間に過ぎた。変な言い方だけど、ほんとにそうなんだよ。どう言ったらいいのかな、自分が小さくなって、大きな流れに気持ちよく流されていく感じ。山の中にいるせいかな、あと、やっぱりご先祖様のおかげかも。

まずお盆の提灯を吊して、盆棚を置いて、お位牌と精霊馬や果物を並べた。壮介さんとポワロはお位牌代わりに写真を飾った。精霊馬っていうのは、ナスとかキュウリに割り箸を挿して牛や馬みたいにしたものだよ。ご先祖様の魂の乗り物なんだって。

バーバラが曲がったナスに割り箸を挿しながら、スミさんに尋ねている。

「お盆って、あと何をすればいいんですかね？　夜になったら花火とか灯籠流しとかできるけど、昼間はどうやって過ごせばいいんだろう」

スミさんは笑いながら「ハルちゃん、何もしなくていいのよ」と言う。「お盆はね、向こう側の世界に行った人たちをお迎えして、近況報告する場なの。くつろいで世間話でもしていればいいのよ」

「向こう側に行った人たち？　じゃあ、このあたりが幽霊だらけになるわけですか？」

スミさんの代わりに爺様が答えた。

「そうそう、そういうこと。実はふだんだって、見えないだけで、この世は幽霊だらけなんだよ、バーバラ。もっともボクぐらいになると、多少は見えるけどね」

スミさんがホッホッと笑う。「幽霊を見る方法はまだ教えていただいてないですね」

爺様は真面目な顔をして「まあ、見える人には見えるし、見えない人には見えない。そういうものさ」などと言ってる。

房子さんも話に加わった。「だからさ、いろいろ思い出話をしたり、あとは、亡くなった人が好きだった料理を作って食べればいいんじゃないかな。それとさ、せっかくみんなで集まったんだから、ゲームでもしようよ。何がいい？　七並べ？　ババ抜き？　坊主めくり？」

大輔さんはニコニコ笑いながら眼鏡を磨いている。「ぼくはシンちゃんとこのあたりを少し歩いてみたいな。いいだろ、シンちゃん？　ポワロの散歩コースをゆっくり辿ってみようよ」

「賛成！　それ、ポワロが喜ぶと思う。最高の初盆だね」とシンイチ。

バーバラもすぐ飛びついた。「あ、あたしも行く！」、それからしおらしくこう言い直した。「大輔さん、あたしもご一緒していいですか？」

「もちろんいいとも。お昼ごはんを食べたらみんなで行こうか」

ということで、食後の腹ごなしを兼ねて大輔さんとシンイチ、オレとバーバラ、スミさんの五人で「あたりをぶらぶら」することになった。あと、見えないポワロね。

房子さんは爺様のバイクの後ろに乗っけてもらって、温泉街まで出かけた。郵便局と役場に用があるんだって。自分の軽トラで行けばいいのに、房子さん、あのバイクに興味津々なんだよ。そうか、房子さん、カメラマンだからメカに関心があるんだ。爺様は「ちょうど良かった。ボクも吉岡医院の跡地を一度見てみたかったんだ。じゃあフーちゃん、しっかりつかまってね」などと言いながら、盛大にエンジンをふかして坂道を駆け下りていった。

オレたちはバイクを見送ったあと、時々立ち止まりながら、レインボー・ブリッジのあたりまでゆっくり歩いていった。

「ポワロの散歩コースとしては、これが一番多かったかな」と大輔さん。「ここから沢に下りるか、向こうの番小屋のほうへ行くか」

「番小屋?」バーバラが立ち止まって、大輔さんの顔を見上げた。「あれ、番小屋って言うんですか? あたしたちは勝手に炭焼き小屋って呼んでたけど。なんの小屋なんですか?」

「まあ何ってこともないけど、昔このあたりはトウモロコシ畑でね、その見張り小屋兼作業小屋、兼休憩小屋、そんな感じかな。よくここで弁当を食べたなあ」

スミさんが小さく右手を挙げて「わたくしも、よくお弁当をいただきましたよ」と言った。「番小屋、まだあったんですねえ。ハルちゃんが炭焼き小屋って言ってたから、ひょっとしたらと思ったけど、やっぱり番小屋のことだったのね」

「え、スミさん知ってるの?」バーバラが弾んだ声をあげた。

「あそこで、壮介さんといろいろな話をしたんですよ。仲のいい兄妹のころね。お弁当と果物を持ってピクニックに来て…。よく夕方まで過ごしたものです。あの場所は夏でも下の沢から風が吹いて、とっても気持ちいいんですよ」

オレたちは炭焼き小屋、じゃなくて番小屋のほうまで歩いていった。

「そういえば、親父も言ってたなあ。この番小屋のことを壮介さんからいろいろ聞いたって」

大輔さんが記憶を辿るように話し始めた。「そうか、ということは…、親父はやっぱり知ってたんだな。だって、ここは壮介さんにとって、スミさんとの思い出の場所でしょ? その番小屋の話をするっていったら、スミさんのことを抜きにしては考えられないよね」

スミさんは黙って頷いている。シンイチがさりげなく質問した。

「スミさん、大輔さんのお父さんのことはご存じだったんですか?」

「恭介さんとはあまりお会いする機会がなかったの。小さいときは何度か一緒に遊んだ記憶があるけれど、大きくなってからは学校の関係もあって、ずっとすれ違いで…。わたくしが家を出た五年後ぐらいに、恭介さんが吉岡農園に戻ってこられた、人づてにそう伺いました」

「そうかあ、じゃ親父にとってスミさんは、親友の幻の恋人みたいな存在だったんだな」番小屋の柱を撫でながら大輔さんが言った。「だからだれにも言わなかったのかな。胸に秘めておく青春のロマン、みたいな感じで…」

「ねえねえ、ここで壮介さんとどんな話をしたんですか？」バーバラが屈託なくスミさんに尋ねた。

「そうねえ、動物や植物のこと、小説の話、世界の歴史、宇宙の話、まあ、ありとあらゆることですよ。いま思うと、わたくしは学校じゃなくてこの番小屋ですべてを学んだような気がします。そうそう、よく俳句も作りましたよ」

「どんな句だろう？　思い出せます？」

スミさんは目を閉じて、ゆっくりとこんな句を口にした。

「かたつむり　力んで伸びて　次の葉へ…。恥ずかしいから一つだけね。これが人生最初の俳句ですよ」

バーバラは子供のようにパチパチ手をたたいて「かわいい！」と言った。「きっと、ちっちゃなカタツムリですね。情景が見えるみたい」

「アジサイの葉の上に、小指の先ぐらいのカタツムリがいたの。そんなに小さいのに、よいしょっと思い切り体を伸ばして、隣の葉に移っていった…。そのまんま、見たまんまですよ。下手な句だけど、壮介さんには褒められましたね。俳句はうまく作っちゃいけないんですって」

「壮介さんの句は?」

「一番よく憶えているのはこれですね。夕まぐれ　蝶の湧き出る　インカ道」

「インカ道?」バーバラが首をひねる。「エジプトじゃなくて? どうしてインカなんだろう」

「夕方になったら蝶々がたくさん飛び交ってね、そうしたら壮介さん、すぐにこの句を詠んだの。でもなぜインカなのか、わたくしも不思議に思って尋ねました。特別な意味はないんだ、壮介さんはそう言って笑ってました。ただ、一度南米に行ってみたかったんですって。地球の裏側ですからね。とにかく遠いところに行ってみたかったのよ。インカの遺跡とかパタゴニアとか」

「結局、一番遠いところへ行っちゃいましたね…。あ、ゴメンなさい!」バーバラが首をすくめた。

「いいのよ、ハルちゃん。遠いところ…。そういう人だったのかもしれないわね」

番小屋の中で話をしながら、オレは壮介さんも恭介さんもすぐそばにいるような気がした。若いスミさんも隣にいる。あたりに蝶が舞い、下の沢からは柔らかい風が吹いてくる。

あ、向こうからポワロが駆けてきた。きっと小さなシンイチも一緒だぞ。爺様の言うとおりだな、その気になればユーレイなんていつでも見えるんだ。

28　花火と灯籠流し

その晩は迎え火を焚いて、みんなで花火をした。線香花火から少し本格的な打ち上げ花火まで、たっぷり三時間。花火に興じながら、思い出話をリレー方式で話す。

こんな具合――。

「あ、これネズミ花火じゃないか。シンちゃん、憶えてるか？　シュルシュルシュルシュルって回りながら火花をまき散らしてさ。これをやるとシンちゃん、キャーキャー言って逃げ回ってたなあ」（大輔さん）

「憶えてるよ。ダイちゃん、面白がってわざとぼくの方に投げるんだもん。ポワロも一緒に逃げ回ってたな。あ、思い出した、少し湿気ったネズミ花火があってさ、ぼくの近くに落ちたけど全然動かないの。おっかなびっくり近寄って見ると、ブスブスくすぶってる。なんだ、不発弾か、と思った瞬間、シュルシュルシュル、パーン！」（シンイチ）

「湿気った花火っていえばさ、前の年に買った花火があってね、林間学校のとき持っていったんだけど、湿気って使い物にならないの。で、捨てるのももったいないし、エイヤッとキャンプ・ファイアーの中に放り込んだわけ。どうなったと思う？　パチパチ、バンバンいって赤、青、緑、ゴージャスに燃えたけどね、でもやっぱり湿気った花火なの。分かる？　ちょっと翳りがあるというか、くすんだ感じというか、結構アートしてたのよ。先生にはひどく叱られたけどね。ああ、もう一回あれやってみたいなあ」（バーバラ）

「ハルちゃんらしい話ね。わたくしはドーンと大きな打ち上げ花火がいいですね。海開きとか港祭りとか、海の上の花火が好きなの。大輪の花が咲いて、夜空にスーッと吸い込まれるように消えるところが最高。え？　もちろん手花火も好きですよ。やっぱり線香花火かな。日本人ですもの。手花火を　命継ぐ如　燃やすなり…。そういえば、喜一郎様はよく冬の花火をなさってましたね」（スミさん）

「ああ、オーストラリアに行く前はよくやってたなあ。花火師さんと協力して、スポンサーを募って、大晦日に市内の河川敷でやるんだ。余った花火や少し不出来な花火を使うから安上がりなんだよ。ん？　なんで冬にやるかって？　なに言ってるんだよ、冬の花火が一番きれいなの。空は冴え冴えと澄み渡っているし、空気は乾燥してるし、もう一つあるぞ、蚊に食われないだろ。いいことずくめなんだよ。フーちゃんはカメラマンだから、冬花火がきれいなこと知ってるよね？」（爺様）

「でもあたし、寒いの苦手なの。花火の撮影って結構時間がかかるのよ。指がかじかんじゃって。だからさ、冬場はのんびり温泉にでもつかって、炬燵に入りながら花火を眺めるのがいいんじゃないかな。おみかん食べながらね。あたしは基本、夏の人間なんだと思う。ごめんなさい、話が合わなくて。でも冬花火がきれいなのは確かね。それに大晦日の花火って、気持ち的にはすごく分かるな。一年の締めくくりでしょ？　パーンと盛大に打ち上げたくなるじゃない」（房子さん）

「ああ、爺様の冬花火にはよく付き合わされたな。あれ、後始末が大変なんだよね。花火の屑が河川敷にたくさん落ちるからさ、夜のうちにみんなでゴミ拾いするんだ。大きなポリ袋を持って、懐中電灯で照らして…。寒いどころか、汗だくになるよ。な、シンイチ。まあオレはどんな花火でも全部好きだな。夏も冬も、大きいのも小さいのも。そうそうスミさん、さっきの手花火の俳句、あれ、すごくいいね。命つぐごとってやつ。スミさんの俳句じゃないの？　え、ハキョウ？　ハキョウってだれさ」（オレ）

ええと、ハキョウとは石田波郷のことでした。

で、翌日の晩は沢に下りて灯籠流しをやった。

あの「十畳間」の少し下流のあたり、流れの緩やかなところを選んで灯籠を浮かべた。

牛乳の紙パックで作った手製の灯籠が五十個余り、夕暮れの川面をゆらゆら漂っていく。

バーバラが十畳間の上に駆け上がった。スミさんに手を貸してヨイショと引き上げ、岩の上に二人並んで立つ。オレたちも岩に上がって一緒に灯籠を眺めた。

「ナイル下りだね。壮介さん見てるかな」バーバラが独り言のように呟いた。まだスミさんと手をつないだままだ。

房子さんは岩の上に三脚を立て、写真を撮り始めた。時々位置を変えながらカシャン、カシャンとスローシャッターを切る。

灯籠の列はゆっくり蛇行しながら薄暮の川面を下っていった。空がインディゴブルーに染まり始めた。遠くで夜のセミがかすかに鳴いている。ああ八月だなあ、もう夏の終わりだなあ。

「また思い出した…。ダイちゃん、昔ここで灯籠流しやったことあるよね?」シンイチが小声で言った。

「うん、矢野先生が転勤する前、最後の夏だったな。よく憶えているよ」そこで大輔さんは少し言いよどんだ。「なんていうか、追悼の意味も込めて灯籠流しをやったんだ。あれからもう十年か…。シンちゃん、大きくなるはずだな」

空の色が深い紺色に変わった。木の間に星が瞬いている。灯籠がだんだん小さくなり、次第に視界から消えていった。

「あれっ」バーバラが不意に振り返った。「ねえねえ大輔さん、あの灯籠、どこへ流れて行くんでしょうね？」

「ん？　ああ、だいじょうぶ。あの先をもう少し行ったあたりに金網を張ってあるんだ。明るくなったら、ぼくが片付けておくよ。シンちゃん、ミッチも、手伝ってくれる？」

「そうか、灯籠流しも後片付けが大変なんですね」

三脚を片付けながら房子さんが「そうそう」と相槌を打った。「昔はね、海まで流しても平気だったけど、最近はとにかく環境第一でしょ。後始末が大変だから、灯籠流しの大会も止めちゃうところが多いんだって」

腕組みをして灯籠の行方を眺めていた爺様が、独り言のように呟いた。

「ああ、いま止まったな」

え、何が止まったの？　思わず尋ねると爺様は「灯籠に決まってるだろ。金網に行き着いて止まったんだよ」と言う。

「だって、ここからじゃ見えないでしょ」

「見えなくたって分かるさ。物が動いたり止まったりするときは、空気で分かるだろ？　ミチアキもまだまだ修行不足だな」

そんなこと言われてもなあ。そもそも空気って何さ？　第六感のこと？

「第六感とは少し違うな。灯籠が沢を流れていくだろ、するとそこらへんの虫とかカエルとか、小さな生き物たちが灯籠をじっと見ているわけだよ。生物の意識が灯籠といっしょに流れていく。で、その灯籠の動きが止まると、意識の動きも止まる。それをボクのセンサーが感知する、まあ、そんな感じかな」

「ふぇー、爺様、昔からそんな特技があったの？」

「だって、それができなきゃ、後ろから突然襲われても対応できないだろ？」

爺様は当たり前のように言う。なるほど。オレももう少し修行しなきゃ。

スミさんが笑いながら爺様に話しかけた。「わたくしにも空気の読み方、教えてくださいね」

「いやあ、スミさんはもう分かってると思うけどなあ。それよりさ、さっき灯籠を見てたのは、小さな生き物たちだけじゃないんだよ。今日はお盆だからな。このあたりの幽霊たちがみんな見ていた。壮介さんも、恭介さんも、吉岡医院の人たちも、ポワロも…。これ、ほんとの送り火だね。みんないい顔していたなあ」

またしてもユーレイ話。どこまで本気なのか分からないけど、爺様と話していると、ふつうのことに思えてしまう。

29　サイルイウ

七夕の三日目（お盆の三日目でもあるけど）は朝食のあと沢を下り、前夜の灯籠を回収しに行った。シンイチとオレが大きなポリ袋に灯籠を入れて肩に担ぎ、大輔さんは金網を外してクルクルと器用に丸め、丈夫な麻袋に入れてリュックのように背負った。

「今日もいい天気になりそうだけどなあ…」大輔さんが空を見上げて呟く。

「けどなあって、どういうこと？」とシンイチ。

「あれ、シンちゃん知らないの？　七夕はね、三日のうち一日は必ず雨が降るんだよ。ジンクスというか、このあたりの言い伝え。迷信かもしれないけど、だいたい当たってるなあ」

「でも今日は大丈夫じゃない？　雲ひとつないよ」

「そうだね、みんなの行いがいいからかな。あ、ミッチのお爺さんの神通力かもしれない」

いやいや神通力はないでしょう。オレはすぐ訂正した。「爺様、自分では雨男だなんて言ってますよ」

それを聞いて大輔さん、アハハと笑った。「実はぼくも雨男なんだよ。農業関係者は雨男が多いの。じゃ、やっぱり降るなあ。サイルイウだ」

「サイルイウ？　なにそれ？」シンイチが怪訝な顔をする。

「催涙弾のサイルイに、雨のウだよ。涙を催す雨。雨が降ってさ、織姫と彦星が年に一度の逢瀬に会えなくなっちゃうわけ。その雨のことを催涙雨っていうんだよ」

「ダイちゃん、よくそんなこと知ってるね」

「昔親父に聞いたんだよ。やっぱり昔の人はいろんなこと知ってるね。もっとも親父も壮介さんに聞いたって言ってたけどさ」

大輔さんはそう言ってまた「サイルイウ、サイルイウ」と呪文のように唱えた。


家に戻るとオレはさっそくスミさんに訊いた。

「ねえスミさん、催涙雨って言葉、知ってる？」

スミさんは料理の手を休めて、嬉しそうに「あらミチアキさん、よくご存知ですね」と言った。「七夕に降る雨のことでしょう？　初秋の季語ですね」

「え、夏じゃないの？」

「旧暦の七月七日はもう秋なんですよ。七夕も秋の季語」

「へえ、知らなかった。スミさんてさ、何でも知ってるんだね」

スミさんは笑いながら、爺様が時々やるしかめっ面のマネをした。

「他人の受け売りですよ。この催涙雨の話も、昔壮介さんに教わったんです。あの番小屋のピクニックでね」

「あ、そういうことですか」と大輔さん。「結局、ネタ元は同じかあ。壮介さんって、きっとロマンチックな人だったんですね」

「だれがロマンチックだって？　あたしのこと？」房子さんが奥から姿を現した。両手に葱の束と舞茸を抱えている。「冗談、冗談。壮介さんのことでしょ？　うん、あたしもそう思う。ねえ、さっきスミさんと話したんだけどさ、お昼は壮介さんの好物にしようと思うの。で、夜は恭介さんの好物。さあ、そこでクイズです。壮介さんの好物はなんでしょう？　スミさん、言っちゃダメよ」

　シンイチが房子さんの手元を指差して言った。「舞茸じゃないの？」

「へへ、バレたか。でもさ、舞茸でもいろいろあるじゃん。炊き込みごはん、天ぷら、煮物に炒め物。さあ、舞茸をどうやって食べる？」

　その場にいた男性四人組、オレとシンイチ、大輔さんと爺様は互いに顔を見合わせた。

「やっぱり天ぷらだな」爺様がいきなり言った。

「残念でした」と房子さん。「というか、カスってますね。それでは正解を発表します。答えは舞茸のフライでーす」

スミさんが頷きながら補足する。「天ぷらもおいしいけど、いい舞茸はフライにするとカキフライみたいな味がするのよ。山のカキフライ、壮介さんはよくそう言ってました」

ということで、お昼は舞茸のフライ、それに油麩と野菜の煮物、トウモロコシの炊き込みごはんというメニューになった。ちなみに夜は、恭介さんの好物で豚バラと白菜の煮込み、揚げ出し豆腐、中華ちまきだって。


昼ごはんのあと房子さんの発案、というか決定でゲームをすることになった。

「トランプとカルタと花札、どれがいい？　ええと全部で七人か。人数が多いからなあ……。やっぱり、お勧めは七並べか坊主めくりかな。あとダウトって手もあるね」

いろいろ言いながら房子さんは心底楽しそうだ。童心に帰るのかな。小さなシンイチと遊んだときのことを思い出しているのかもしれない。

「多人数ならババ抜きって手もありますよ。わたくしはやりますけどね」とスミさん。一同大笑い。

「それじゃあ、こうしようよ。ババ抜きと坊主めくりを両方やって、あと整理体操で軽く七並べ、これでどう？」房子さんの提案に、一同異議なし。でも、整理体操の七並べってどういうこと？

ババ抜きは三回やってスミさんが圧勝した。「意地でも負けられませんからね」

第二ラウンドは坊主めくり。勝負が佳境に入ったころ、それは突然やってきた。

何がって、もちろんサイルイウだよ！

ポツリ、ポツリ、軒先のトタンに雨粒が当たる音が聞こえたと思ったら、すぐパラパラパラッと降り始めた。

「来た！ 撤収！ 回収！」

大輔さんの声と同時に、オレとシンイチは外へ飛び出した。もうザーザー本降りだ。

大急ぎでくす玉や吹き流しを竿竹から外し、母屋の横にある物置に運び込む。短冊用の小さな青竹も緊急避難させた。

「少し濡れたけど、まだ使えるね」オレがそう言うと、「使えるけどさ、いつ使うんだろうね？」シンイチは首を傾げている。

「来年またやろうよ」と大輔さん。「もっとも、作る楽しみってのもあるからなあ。じゃ、来年は二本並べようか」

オレたちはいったん母屋に戻って、雨が上がるまで七並べをした。夕立だからすぐ止むさ。

「でもさ、言い伝えとかジンクスってほんとに当たるんだね。あたしも気を付けよ」とバーバラ。

「何に気を付けるんだよ」とツッコミを入れると、「やあねえミッチ、察してよ。美人薄命とか言うでしょ」平然と言う。

「バーバラ、その格言は当たらないぞ。スミさんを見てごらん」と爺様。「才子多病ってのも当たらないな。ボクがいい例だ」

そんなことを言ってるうちに雨が上がった。みんなで外に出てみる。

東のほうに青空が広がっている。木々の梢からはまだ雨水が滴っている。雨上がりの夏の夕べ。土や苔や樹皮の匂いがあたり一面に漂っている。山里の景色が生まれ変わったようだ。

「七夕、もう一度飾ろうか」バーバラがだれに言うともなく言った。

「うん、飾ろう、飾ろう」房子さんが威勢よく賛同する。みんなで物置からくす玉を運び出し、二度目の飾り付けをした。

西日を浴びた七夕飾りは、最初の時よりりりっぱに見えた。雨に洗われた樹木を背景に、ゆったりと風になびいている。

「やっぱり最高だなあ」爺様が二日前と同じことを言った。「うん、催涙雨も悪くないな。終わり良ければすべて良しだ」

夕食後、家の前にかがり火を焚いた。

「せっかく七夕を飾り直したんだからね。これで夜でも見栄えがするよ」薪をくべながら大輔さんが言う。「一日早いけど、送り火にもなるしね」

「ねえ、これ明日まで飾っておこうよ」と房子さん。「七夕って、ふつうは三日目の晩に片付けるんでしょ？　でもさ、あたしたちのお盆と七夕は明日までやるわけだから、それでいいよね。別に法律違反じゃないしさ」

「異議なし。完全に異議なし」とバーバラ。「でも夜の七夕って素敵ね。薪能ってのあるけど、これは薪七夕だね。大輔さん、特許申請したら？」

かがり火に照らされて、三色のくす玉がかすかに明滅する。下の谷間から柔らかな夜風が吹き上げ、吹き流しをさわさわと揺らす。かがり火から時折火の粉が舞い上がり、群青の空に消えていく。

スミさんとバーバラがまた歌い出した。笹の葉さらさら軒端に揺れる…。

30　書き置き

いよいよオレたちの「お盆・七夕プロジェクト」の最終日になった。

山を下りるのはあさっての予定だけど、明日は別荘の片付けやなんかで一日つぶれるから、「夏季特別合宿」も今日が実質的な最終日だ。吉岡農園には結局五泊したことになる。なんだかずっとここで暮らしてたような気がするな。大輔さんと房子さんにもしばしのお別れだ。シンイチ、頼むから泣くなよ。

そう思うと、朝からなんとなく落ち着かない。ああ、今日もいい天気だなあ。ゆうべ送り火を焚いたけど、ご先祖様たちはもうお帰りになったのかな？

「お昼、なに食べようか。最後の晩餐ならぬ最後の昼食だからさ、みんな、好きなもの言ってよ」房子さんがあくまで陽気に質問する。

「今日も恭介さんと壮介さんの好物にしましょうよ」とバーバラ。

「そうねえ、じゃ、ズンダ餅にしようか。スミさん、どう思う？」

「ズンダは壮介さんの大好物ですよ。あとクルミ餅もね」

ということで、お昼はズンダ餅とクルミ餅、サトイモとフキとシイタケの煮物に決まった。吸い物はナスの卵とじ。

ズンダ餅なんて簡単にできるのかと思ったら、これが大変なんだよ。まず枝豆を枝からもいで、どっさり茹でて、サヤから出して、プチプチした薄皮を取って…、ここまでの作業でいい加減疲れてしまう。あとはすり鉢に入れて、砂糖を加えながらドロッとなるまで揺るだけなんだけど、けっこうハードだよ。クルミ餅も楽じゃない。殻を割ってクルミをほじくり出すだけで一仕事。ズンダ班、クルミ班、お餅班と分業体制でやったけど、結局午前中いっぱいかかってしまった。その分、びっくりするくらいうまかったけどね。

「いやあ、みやげで売ってるズンダ餅とは全然違うなあ」と爺様。

「ほわんとしてすごくいい香り。あたし、三食これでもいいな」これはバーバラ。

「あたしたちもズンダやクルミ餅は久しぶりよ。たくさん人が集まらないと、なかなか作らないからね。どれ、もう一つ」房子さんはそう言って、次のズンダ餅に箸を伸ばした。

シンイチは例によって科学者みたいなことを言っている。

「もぎたての枝豆ってのは、やっぱりアミノ酸が違うのかなあ。親父がビールのつまみにするパック入りの枝豆とは、香りがまったく別物だね」


午後から七夕一式を片付け、周辺をもう一度散歩した。シンイチと連れ立ってぷらぷら番小屋まで歩き、ついでに「十畳間」にも立ち寄った。壮介さんのカルトゥーシュをじっくり眺め、家に帰る途中でスミさんとばったり出くわした。

「スミさんも散歩?」

「なにしろ久しぶりですからね。このあたりの景色、もう一度目に焼き付けておこうと思って」

「バーバラは一緒じゃないの？」

「ハルちゃんは吉岡家の中を探索中よ。房子さんに案内してもらってね」

家に戻ると、バーバラは居間のテーブルで本を読んでいた。頬杖を突いて、オレたちが帰ってきたのにも気付かない。

「何をそんなに一生懸命読んでるんだよ？」

「これ、すごく面白い。あのね、吉岡農園の歴史みたいなことがずっと書いてあるの。恭介さんのお父さんの代からの記録ね。戦後に入植して土地を開墾して、いろいろな作物にチャレンジして、モモやブドウの品種改良に成功して…。クマやイノシシも出てくるよ。恭介さんがまとめたのかなあ。恭介さんって、文才あるね」

房子さんが果物のお盆を持って部屋に入ってきた。

「恭介さんも壮介さんも、文学青年だったみたいよ。向こうの部屋に本がたくさんあったでしょ？ あれ全部、前の家にあった恭介さんの本なの。暇なときに少しずつ読もうと思ってるんだけど、なかなか手が回らなくて…。いまバーバラが読んでるのは、恭介さんが自費出版した開拓史よ。面白いでしょ？ あたしはあんまり本を読まない人間だけど、昔それを読んで感動した記憶があるわ。ただの農園史なのに、笑えるし、ハラハラするし、泣けるし、いろいろ考えさせられるし。たいしたものね」

　バーバラはコクコク頷きながら房子さんの話を聞いていたが、ふと自分の手元に目を落とした。「あれ…」そう言いながら本のページをめくり、奥付のあたりから一枚の封筒を取り出した。

「房子さん、これなんだろう？　表に『大輔様』って書いてあるよ」

　房子さんは封筒を受け取ると、まじまじと表書きを凝視し「恭介さんの字だ」と呟いた。それから大声でこう叫んだ。「ダイちゃーん、ダイちゃーん、ちょっと来て！　すごいものが出てきたよ」

　すぐ大輔さんが駆け付ける。「なに、なに、フーちゃん、どうした？」

　房子さんは黙って封筒を差し出した。

　大輔さんも封筒の表書きをしばらく凝視した。それから房子さんにひとつ頷くと、慎重に開封して数枚の便箋を取り出した。読み始めてすぐ、大輔さんは「フーコも一緒に読んだほうがいい」と言った。

　オレたちは黙って二人の様子を見守った。時に頷き、時に首を横に振り、時にため息を吐き、二人はたっぷり時間をかけて恭介さんの書き置きを読み終えた。房子さんの目が潤んでいる。「なんて人だろう」大輔さんがぽつりと呟いた。

「よかったらシンちゃんたちも読んでくれる？　これ、親父からの伝言だよ」大輔さんはそう言って、オレたちに便箋を差し出した。


大輔、元気にやってるか？

房子さんとも相変わらずラブラブか？

今これを読んでるってことは、たぶん俺はこの世にいないんだろうな。

まあいいさ。どんな死に方だったか知らないけど、俺はすごくいい一生だったと思ってる。お前にも房子さんにも感謝の言葉しかないよ。思い残すことは何ひとつない。

と言いたいところだけど、実はひとつだけ気掛かりなことがあるんだ。それでこの書き置きを、本の間に挟んでおくことにした。

憶えているかな、壮介さんのこと。俺の従兄で、兄貴分で、親友でもあった人だよ。何度か思い出話をしたことがあるだろ？　若い時に亡くなったけど、俺はあの人にいろんなことを教えられた。学問から動物との付き合い方、喧嘩の仕方まで。一番憶えているのは、苦しい時、困難な状況に直面した時、それをどう乗り越えるか、その心構えみたいなことだな。だから俺は、心の中では壮介さんとずっと一緒に生きてきたような気がするんだ。

その壮介さんの墓碑に鉤十字みたいなマークがあるだろう？　あれは彼に頼まれて俺が

彫ったものだ。その意味は知らないって言ったけど、本当は勿論知っていたさ。なんとなく、俺と壮介さんの二人だけの秘密にしておきたかったんだ。あれは、二つのSを組み合わせたもので、壮介さんの生涯一度の恋の徴なんだよ。

壮介さんにはスミさんっていう幼馴染、というか、血のつながらない妹がいた。小さい時に吉岡医院に養女に入ったんだ。可愛い子でね、俺も子供のころは何度か一緒に遊んだよ。この二人が、年頃になって恋に落ちたんだけど、スミさんはどうしても彼の思いに応えられない、そう言うんだ。長年、実子同様に育ててくれたご両親を裏切ることになるし、このまま仲のいい兄妹でいたい、そう言ってとうとう家を出てしまった。

きっと本当はスミさんも壮介さんのことが好きだったんだろうね。だからすごく悩んだ挙句、行き先も告げず、書き置きだけ残して出奔してしまったんだ。俺は当時、学校の関係で家から離れていたから、全部あとで知ったことだけどね。

数年後、俺は吉岡農園に戻って親父と一緒に働きはじめたけど、ずっと壮介さんのことが気掛かりだった。その彼と大学病院でばったり会って、悪性リンパ腫だと聞いたときは心底驚いたよ。このあたりのことは前に一度話したことがあるな。

それから壮介さんが亡くなるまで、わずか半年。でも本当に中身の濃い半年だった。俺は毎週、多い時は週に二、三度見舞いに行って、壮介さんの看病をしたんだけど、たいがい俺のほうが慰められていた。壮介さんはすごいよ。苦しいはずなのに、いつも穏やかに笑ってるんだ。

その時に壮介さんから頼まれたことが二つあった。一つはあの鉤十字マーク。もう一つは、いつかスミさんに会うことがあったら伝えてほしい、そう言われたんだ。

何を伝えるかというと、「運悪く病気になったけど、すごく幸せな一生を送ることができた。スミさんのおかげで、素晴らしい思い出がいっぱいできた。スミさんの選択も、今は正しかったと思っている。本当にありがとう」、そんなふうに言ってくれというんだ。

どう思う？　あの人は、死ぬ間際まで自分のことよりスミさんのことを心配していたんだよ。自分が死んだら、スミさんはどう思うだろう。スミさんと別れたために、壮介は不幸になり、絶望のうちに人生を終えた、そんなふうに考えて苦しまないだろうか。自分を責めないだろうか。あの人はそれだけを気に掛けていた。そして最後にこう言ったんだ。

「事実は違うよ、恭介。ぼくの顔を見れば分かるだろ？　壮介は笑って旅立った。スミさんにそう伝えてくれないかな」

俺は自分なりにスミさんの行方を探してみたけれど、結局分からなかった。吉岡医院のご両親は何事か事情をご存じのようだったが、それ以上不躾に聞くのもためらわれた。そうこうしているうちにご両親とも他界してしまったんだ。それで俺は、ある程度運を天に任せることにした。運よく俺が生きているうちにスミさんと出会えたら、壮介さんの伝言を伝えよう。でもその前に俺が死んだらどうなる？　もちろん死ぬ前にお前に伝言を託す積もりだけれど、脳卒中か何かでポックリいったらどうする？　その場合には壮介さんとの約束を果たせなくなってしまう。

そこで、こういう形でお前に伝言を残しておくことにしたんだ。（たまには俺の農園史も読み返してくれよ）まあ、一種の保険だな。俺が生きてる間は、壮介さんとスミさんの話は誰にも言わない積もりだったけど、死んじまったら関係ないからな。願わくは壮介さんの最後の頼みが、お前の手元に届きますように。

もしスミさんに会えたら、くれぐれも宜しく伝えてくれ。

じゃあな。房子さんと仲良くな。

恭介

大輔様

31　友笑う

ガタンと派手な音を立てて、バーバラが立ち上がった。

「大変、スミさんを探さなくっちゃ！」

そう言いながら手の甲で涙を拭う。手紙を読んだせいか、立ち上がった拍子に座卓に思い切り膝をぶつけたせいか、ボロボロ涙を流している。

「だいじょうぶよ、バーバラ」と房子さん。「三時ごろお墓参りに行くことにしてるから、もうじき帰ってくるわよ」

大輔さんが深いため息を吐いた。「青春の思い出か…。でも、水臭いなあ。親子なんだから、少しぐらい教えてくれてもいいのに。だってさ、スミさんは結局、矢野先生の息子さんの友だちの家で暮らしていたわけでしょう。ずっと、ぼくたちのすぐ目と鼻の先にいたわけじゃない？」

「肉親だから言いにくいこともあるのよ」房子さんはそう言って、大輔さんの膝をポンポンとたたいた。「それよりさ、壮介さんは本当にスミさんの居所を知らなかったのかしら。だって、ご両親は知っていらしたんでしょ？」

今度は大輔さんが房子さんの膝をたたいた。「それはさ、きっと、あえて知ろうとしなかったんだよ。それもスミさんのためだろうな…。あれっ、中にもう一枚、何かあるぞ」大輔さんはそう言って逆さにした封筒を振った。出てきたのは、便箋で包まれた一枚の写真だった。

房子さんが「昔でいう手札判ね」と言いながら写真を手に取った。「これ、壮介さんだよね。あの身分証明書と同じ人だもの」

たしかに壮介さんに違いない。証明書の写真と比べると、少し年をとって痩せている。無精ひげも生えているが、こちらのほうが表情が豊かで生き生きとしている。浴衣か寝間着のようなものを着て、くつろいで笑っている。

「あ、この便箋にも何か書いてあるぞ」大輔さんがそう言って内容を読み上げた。「ええと…。この写真は大学病院のベッドで、壮介さんが亡くなる二週間前に撮影したものです。こんな笑顔は、壮介さんにしかできません。写真の裏に下手な俳句も書いておきました、だって」

写真を裏返してみると、恭介さんの字でこんな句が書かれていた。

友笑う　ガン病棟の　夏至の朝

オレたち五人は、それからしばらく、恭介さんの書き置きと写真をただ眺めていた。ふだん口数の多い房子さんもバーバラもあまり喋らない。「でもさ」そう言って口を開きかけては、また黙って写真に見入る。

十日ばかり前に証明書用の写真で見た壮介さんは何も語ってくれなかったけど、今日の壮介さんはたくさん話しかけてくれた。どう言ったらいいのだろう。あの笑顔、ぱっと花が咲いたような笑顔の中に、世界への愛情みたいなものがぎっしり詰まっている。ありがとう、ありがとう、ああ面白かった、そう言ってるようだ。そうだよね、壮介さん、そういうことだよね。前にスミさんが言ってた「世界のすべてが、壮介さんを通して現れてくるのです」ってのは、こういう感覚なのかな…。

ぼんやりそんなことを考えていると、ガラッと玄関の戸が開いた。

「ただいま。遅くなりました。番小屋で喜一郎様とばったり会って、少し話し込んじゃったの」スミさんの声だ。

二人で居間に入ってくるなり、爺様は雰囲気の変化に気付いた。

「ん、どうした、みんな?」

房子さんがゆっくり立ち上がり、書き置きと写真をスミさんに差し出す。

「はい。これ、スミさんへの伝言。恭介さんの遺言よ」

スミさんは爺様と並んで座り、書き置きを読み始めた。

スミさんの表情はほとんど変わらない。少し悲しそうに眉をひそめる。記憶をたどるように、天井の一角を見つめる。ときどき頷きながら、かすかに微笑む。だが書き置きの終盤に差し掛かると、深く首を垂れ、目を閉じたまま動かなくなった。

「スミさん…」バーバラが心配して、小声で呼びかける。

「大丈夫よ、ハルちゃん」スミさんはゆっくり目を開き、書き置きの残りを読み終えた。

それから「ああ、これ…」と呟いて手札判の写真を取り上げた。指先でプリントの表面をそっと撫でる。しばらく写真に見入ってから「いいお顔ねえ」と言った。

「裏に親父の句が書いてあります」大輔さんが改まった口調で言う。

スミさんは黙って句をながめていたが「ちょっと、ごめんなさい」、そう言うと突然立ち上がり、玄関から外へ出て行った。

どうしよう。スミさん、大丈夫かな？　大丈夫だよね。悪いことが書いてあったわけじゃないもの。それでも心配で爺様の顔を見ると、心得たように頷いている。

「ミチアキ、これはボクより、おまえの出番だな」そう言って、玄関のほうを指差した。

「こういうときは、孫が一番なんだよ。少し時間を置いてから見に行ってくれないかな」

五分後、外に出てみると、スミさんは七夕用の杭にもたれて空を見上げていた。でも目はしっかり閉じている。

「スミさん、また赤と青の世界をやってるの？」

そう話しかけると、スミさんはゆっくり目を開きオレに笑いかけた。目の縁がだいぶ赤くなっている。

「ごめんなさいね。突然席を外して」

「どう？　青い世界は輝いてる？」

「やっぱりきれいですね…。でも、なんてことでしょう。半世紀以上も経ってから、壮介さんの伝言を教えていただくなんて。それもシンイチさんが子供のころ遊んでいたお家の方から…」

「あ、大輔さんも同じようなこと言ってた。スミさんがずっと目と鼻の先にいたなんて、ほんとに不思議だって」

オレたちは竹林のほうまでぶらぶら散歩した。スミさんと二人で歩くのは久しぶりだな。遠くで犬の鳴き声がする。ポワロの親戚かもしれない。どこかで飛行機の音が聞こえる。上空を薄い筋雲が流れて行く。もう秋の空だな。

「ねえ、スミさん」

「はい？」

「良かったね。壮介さんのこと」

「良かったですね…。まあ、壮介さんのことですから、仮に絶望していても、あんな風におっしゃったでしょう。でも、あの写真のお顔、あの笑顔は、本物だと思うの。わたくしはそう信じることにしました」

「うん、間違いないよ。オレ、アホだけどさ、直観力だけは自信があるんだ。あの壮介さんは、ほんとに幸せな顔をしてたよ。スミさんに感謝してる顔。スミさんを通して、世界中に感謝してる顔」

　スミさんが不意に立ち止まってオレの顔をじっと見た。

「ミチアキさん、哲学者ですねえ」冗談めかしてそう言ったが、そのスミさんの両目にみるみる涙が溢れた。

「だめですよ、おばあちゃんを泣かせちゃ」

　スミさんは小さなハンカチで目元をぬぐい、それから両手を組み合わせて大きく伸びをした。

「さてと、家に戻りますか。お盆の総仕上げよ。お帰りになった皆様方にごあいさつをしなくちゃ」

「みなさまがた？」

「ご関係の皆様方よ。恭介さん、壮介さん、吉岡医院のご両親、それにポワロもね」

32　後悔してる？

少し陽が傾いたころ、みんなでもう一度お墓参りに行った。

先週来たときは形式的に線香をあげて合掌するだけだったけど、今回はけっこう長い時間、お仏さんと話をしたよ。恭介さん、壮介さん、いろいろありがとうございます。おかげでいいお盆になりました。今後もスミさんのこと、大輔さんと房子さんのこと、よろしくお願いします。ついでと言っちゃなんだけど、そっちでオレの両親や曾祖父の誠三さん、あとシンイチのママに会ったら、くれぐれもよろしく…。エトセトラ。

目を開けると、バーバラはまだ合掌したままブツブツ何か呟いている。そうだよな、恭介さんも壮介さんも、もうとても他人とは思えない。彼女なりに話したいことがいっぱいあるんだろうな。

スミさんは合掌せずに黙祷し、それぞれの墓石の前で深々と一礼した。壮介さんのお墓ではその後しばらく佇んで、ずっと東の空を眺めていた。爺様が後ろでスミさんの様子を静かに見守っている。

　バーバラがスミさんにそっと近付いた。

「あの…、話しかけてもいいですか？」

「なあに？　ハルちゃん」

「こんなこと聞いていいのかどうか分からないけど、教えてください。スミさん、昔のこと、後悔してます？」

　スミさんは黙ってバーバラの目を見つめ、それからふっと笑みをもらした。

「ええ、死ぬほど後悔してますよ」

　そう言うと、今度ははっきり声を出して笑った。

「ははは、でもそれが真剣に人を思うってことなんでしょうね」

　そうなんだよ、スミさんが「ホホホ」じゃなくて「ハハハ」って笑ったんだ。それからスミさんはバーバラの肩を抱いて「ハルちゃん、ごめんね」と言った。

「え、何がごめんですか？」

「だって、素敵な恋バナにならなかったでしょう」

「そんな…。これ以上素敵な恋バナなんか、どこにもないです。絶対ないと思う」

　二人は話しながら、家に向かって歩き出した。西日を受けて、スミさんの笑顔が眩しくんが初恋の相手だと言った爺様の気持ちが。オレは爺様の気持ちが少し分かったような気がした。スミさんが初恋の相手だと言った爺様の気持ちが。


　さあ、いよいよ、お別れの時間です。吉岡家の玄関前。

湿っぽいのはなしにしようぜ。シンイチと示し合わせて、お別れはあっさり、さっぱり、短時間で、と決めていたのだが、その時になるとどうしても話が長くなる。

「お名残惜しいわねえ。みんな、ほんとに帰っちゃうの？　もう少し泊まっていけば、なあんて、冗談冗談。まあ来年もあるからね。シンちゃん、またおいでよ」と房子さん。

「ああ、でも来年は高3だから、受験勉強が大変なのか。なに？　受験なんか関係ない？　上等上等。それならぜひ来てよ。当然バーバラとミッチも一緒よね。スミさんもお目付け役ということで…」

　大輔さんは手短にこう言った。「久しぶりにいい七夕とお盆ができました。フーコもああ言ってることだし、気が向いたら来年もぜひいらして下さい」

「なんとなく、だけどさ」とバーバラ。「少なくともシンちゃんは来なくちゃいけないんじゃない？　せっかく昔のことを思い出したんだから。それから、スミさんも来たほうがいいと思うな。これも何かのご縁よ。あと、心配なのはイノシシとクマね。お爺さまがいて下されば安心だけど…」

おいおい、話が長くなる一方じゃないか。なんだかんだ言って、結局みんなで来ようってことか？

爺様はバイクにもたれてみんなの話を聞いていたが、一つ咳払いをしてこう言った。

「まあ、墓参代行の役目は終わったけど、スミさんのボディーガードは終わってないからな。お召しとあれば、ボクも参加するよ。あ、そうだ、来年はリョーコ君も誘ったらいいんじゃないか？　な、ミチアキ」

だんだん頭が痛くなってきた。だれか話を収拾してくれよ。

意外なことに、スミさんがあっさり話を切り上げてくれた。

「みなさん、ほんとに夢のような二週間でした。お名残は尽きませんが、ひとまずおいとまをさせていただきます。またお会いできる日を楽しみに」

大輔さんがシンイチに歩み寄ってこう言った。「シンちゃん、もう一度、ぼくを持ち上げてみてくれるかな？」

シンイチは笑いながら大輔さんをエイッと持ち上げる。それを見ていた房子さんは「あ、カメラ、カメラ」と言いながら家に入り、すぐ戻ってきた。「シンちゃん、悪いけどさ、もう一回持ち上げてくれない？」

それから爺様のバイクも入れて、全員で記念撮影をパチリ。何度も握手とハグと頭ポンポンを繰り返し、どうにか湿っぽくならないうちに吉岡農園を後にした。玄関の前で、大輔さんと房子さんがいつまでも手を振っている。シンイチも大きく両手を振る。バーバラはピョンピョン跳び上がり、爺様はバイクのクラクションを鳴らし、オレは思い切り指笛を吹き鳴らす。最後にシンイチが「また来るよー！」と大声で叫んだ。

33　インカ道

次の日は、別荘の後片付けと掃除でほとんど一日費やした。「来た時よりきれいにしておかないと、矢野先生にしかられますよ。だめだめ、ミチアキさん、そこは乾拭きしなきゃ。はい、雑巾を替えて」スミさんはこういうことでも手抜きしない。

昼食後、爺様が軽く柔軟体操をしながら言った。「ボクはひと足先に帰るよ。明日の夜、シドニーでリョーコ君とメシを食う約束をしてるんだ。あ、それで思い出した」

バイク用のバッグを開けて、何かゴソゴソ探してる。

「あった、あった。ほら、ミチアキ、リョーコ君からのラブレターだよ。直接おまえに渡してくれって頼まれたの。ん？　ここで読む必要はないぞ。あとからこっそり一人で読め。

ハハハ」

みんなの視線がオレに集中する。だれも何も言わない。こういうのが一番キツイなあ。

シンイチ、何か気の利いたジョークでも言ってくれよ。

「南から来た手紙か。ふふ、ちょっと不気味だね」

それが気の利いたジョークかよ。

ふだんはあまり空気を読まないバーバラが、珍しく助け舟を出してくれた。

「だいじょうぶよ、ミッチ。詮索しないから。家に帰ってゆっくり読めば？」

おう、かたじけない。ではそういうことで。

バーバラより空気を読まない爺様は、またハハハと笑って余計なことを言った。「ミチアキ、リョーコ君はなかなかいい子だぞ。おまえにはもったいない。せいぜい大事にしろよ」

言い終わるとバッグを肩にかけ、「じゃあな！」と一声、そのまま外へ出て行こうとする。

「ちょっと待って」オレは爺様を引き留めた。ひとこと、言っておきたいことがあったんだ。

「あのさ」

「なんだよ？」

「いつかスミさんをインカ道に連れてってよ」

「ん、どういうことだ？」

「だから、蝶々がいっぱい飛んでいるインカ道に、スミさんを連れてってくれよ」

爺様は不思議そうにオレの顔を見ていたが、なぜか納得したように頷いた。

「インカ道だな。分かった。ボクはパタゴニアのほうが好きだけど、スミさんが行きたいなら必ず連れていく。お互い、生きていたらな」

そう言うと芝居がかった仕草でスミさんに投げキッスを送り、バッグを肩にかけ直して玄関から出て行った。すぐカワサキのエンジン音が響き、それがだんだん遠ざかっていく。

「まるで台風ね」スミさんがクスクス笑いながら言った。同感。自分じゃ雨男なんて言ってるけど、あれは雨台風じゃなくて、風台風だな。


今日の夕飯は正真正銘、最後の晩餐だ。とはいえ、ワインも特別なご馳走もなし。今夜は残った食材を無駄なく使う必要がある。菜っ葉の切れ端とか、大根のしっぽとか、余った豆腐とか、乳製品とか、冷蔵庫の中にいろいろ残ってるじゃない？それを全部使い切るわけ。なんて言ったっけ、そういうの。シンイチ、知ってるよな？

「フード・ロスの低減？それともＳＤＧｓかな」

「まあ、そんなふうなことだよ。ね、スミさん」

「さあ、難しいことは知りません。もったいないことはやめましょう、それだけですよ」

そう言ってスミさんはトントンと野菜を刻み始めた。バーバラが料理を手伝いながらスミさんに話しかける。

「でも喜一郎さんって不思議な方ですね。魔法使いみたい」

「昔からあんな感じなのよ。やることなすこと、なんでもスケールが大きいのね。やっぱりお父様の誠三様の影響かしら」

「吉村家の遺伝子なんですかね。ミッチだって、ふだんはバカみたいなことばかり言ってるけど、いざとなるとすごく大胆だし…」

おいおい、聞こえてるぞ。バカみたいで悪かったな。

「わたくしは小さい時に両親をなくしているから、親の影響ってよく分からないところもあるけど…、そうね、誠三様、喜一郎様、それにミチアキさんを見ていると、やっぱりその家の気風とか伝統みたいなものを感じますね。ところで、ハルちゃんのお母様はどんな方？　ハルちゃんに似ている？」

「ええっ、どうだろう。自分のことって分かんないですね。今度家に遊びに来て下さいよ。スミさんならうちのママと絶対、気が合うと思うな。あ、分かった！」

「どうしたの、ハルちゃん？」

「あのね、うちのママは、あたしよりスミさんに似てると思う」

スミさんは料理の手を止めてバーバラを見つめ、ホホホと笑った。「お世辞にしても嬉しいですよ。光栄です」

「ほんとに遊びに来て下さいよ。ね、ね、絶対約束」

オレもいま気付いたんだけど、たしかにスミさんとバーバラ・ママはどこか似てるな。年齢はずいぶん違うけど、ぴしっと背筋が伸びてるところ、芸術に通じているところ、優しいところ、でも怒ると怖そうなところ、あと、美人だしね。

そんなことを考えていたら、シンイチがバーバラに話しかけた。

「ぼくもバーバラのママはスミさんと似てると思うな。どこが？　まあ、いろいろあるけどさ、趣味がいいところ、凛としているところ、少しお茶目なところ、あと、ミステリアスなところ、取りあえずそんなところかな」

今度はバーバラが料理の手を止めて、シンイチの顔をしげしげと見た。

「シンちゃん、すごーい。それ、褒めてるんだよね。こんどママに聞かせなくちゃ」

オレはすかさず話に割って入った。

「つうことはさ、母子が似てるとすると、シンイチの見立てでは、バーバラも趣味が良くて、凛としてて、お茶目でミステリアス、そういうことになるよな」

「なによミッチ、そうじゃないって言いたいの？」

「いや、そうじゃなくってさ…」

そんな話を続けているうちに、あっという間に「ＳＤＧｓ料理」が完成した。野菜がいっぱい入ったポトフーみたいなもの、具だくさんのスペインオムレツみたいなもの、豆とヒジキとキノコが入ったチャーハンみたいなもの。見てくれは「残り物メシ」でも、スミさんが作ったんだから味は保証付き。最後に豆腐とヨーグルトを使ったバーバラ特製のデザートも登場した。

いやあ満腹、満腹。この夏休み、食い物にはほんとに恵まれていたなあ。

34　ああツバメ

翌日の午後、もう一度玄関前を掃除し、しっかり戸締りして別荘を後にした。

バス停まで歩いて十五分。路線バスは一日三本しか走っていない。早めに別荘を出たので、のんびり景色を眺めながら緩い坂道を上っていく。梢の間を何か黒い影がさっと横切った。あ、ツバメだ。二羽、三羽、四羽…。優美な曲線を描いて、ツバメが飛び交っている。

「シンちゃん、ツバメ！」バーバラが明るい声で叫んだ。「あたしたちを見送りに来たのかな。すてきねえ、あの飛び方。くるんくるんって、遊んでるみたい」

「遊んでるんじゃないんだよ」シンイチがまた散文的な解説をする。「夏はツバメにとって子育ての時季だからね。一生懸命エサ取りをしてるんだよ。一番忙しい時は、一時間に二十回も三十回も巣にエサを運ぶんだって」

「ふうん、優雅に見えるけど、大変なんだ。でもシンちゃんってさ、なんでも知ってるのね」

「そんなことないよ。得意な分野だけさ」

「得意な分野って？」

「数学と昔の話と、あとは博物学みたいなことかな。知識全般、雑学ってことで言ったら、ぼくよりミッチのほうが物知りかもよ。なにしろこいつは、爺様にいろいろ教わっているから。な、ミッチ」

なんだよ、急に。せっかくバーバラが褒めてくれたんだから、素直に喜べよ。変なところでオレを巻き込むな。

スミさんが立ち止まって空を見上げながら、シンイチに訊いた。「ツバメの寿命って、どのぐらいなんでしょうね」

「だいたい十五、六年って言われてるけど、実際は平均すると一、二年らしいです」

「え、そんなに差があるの？」

「天敵が多いから、若いうちに命を落とす個体が多いんです。カラス、ヘビ、猛禽類、野良猫にイタチやネズミ…。雛が無事に育つ確率も半分以下だって聞いたことがあるな」

「本当に大変なのねえ。でもすごいわね、ツバメって」スミさんはそう言って、また空を見上げた。「だって、そう思わない？　一日中エサを運ぶ重労働なんでしょ。敵に襲われて死ぬこともあるんでしょ。それなのに、あんなに優美に、楽しそうに飛び続けるなんて…。とても人間には真似できないわねえ」

　右手に「レインボー・ブリッジ」が見えてきた。あの吊橋を渡って少し行くと吉岡農園だ。もう一度、大輔さんと房子さんの顔が見たいな。シンイチとバーバラも名残惜しそうに橋の方を見ている。いやいや、来年また会えるさ。

　間もなくバス停が見えてきた。その向こうに見覚えのある車が一台停まっている。鮮やかな黄色の軽トラックだ！

「フーちゃん」言うより早く、シンイチが駆け出した。

　軽トラの運転席で房子さんが手を振っている。よく見ると後ろの荷台には大輔さんが腰を下ろしている。

「ちょっと忘れ物したからさ、バスの時間調べて見送りに来ちゃった。みんな、その後お変わりない？　元気？　予定変更してもう一週間ぐらい泊まる？」房子さんが陽気に話しながら車を降りる。

シンイチも軽口を返す。「フーちゃんもお変わりない？　あれ、少し太ったかな？　ところで、忘れ物って何？」

「一つはこれよ。ダイちゃんお願い」

大輔さんが荷台から段ボール箱を抱えてきた。

「ちょっと荷物になるけど、元気な男子が二人いるし、乗り物に乗るだけだからいいよね。はい、おみやげ」

シンイチが受け取ると、あたり一面にふわっと果物の香りが広がった。「ああ、天界のモモだ。ありがとう。きっと親父も喜ぶよ」

「うん、矢野先生によろしくね。また碁を打ちに来て下さいって」と大輔さん。

「あと一つはこれよ。あの時はあたしも気持ちが高ぶって、お渡しするのを忘れたの」房子さんはそう言って、スミさんに一枚の封筒を手渡した。

スミさんが封筒を傾けると、中から壮介さんの写真が出てきた。裏に恭介さんの俳句が書かれた病院のスナップだ。

「でもこれ…、恭介さんの大事な形見でしょう。やっぱり、そちらで持っていらしたほうが…」

「スミさんのことだから、きっとそう言うと思った」と房子さん。「でも、だいじょうぶ。ちゃんと複写しておいたから。オリジナルの方は、やっぱりスミさんが持ってなくちゃ。そのほうが恭介さんも喜ぶと思うの」

スミさんは宝物を扱うように写真を両手で押しいただき、ていねいに札入れにしまった。

「大輔さん、房子さん、何から何までありがとう。この歳になって、こんな夏休みを過ごせるなんて…。やっぱり長生きはしてみるものですね」

それからバスが来るまで約十五分。ほとんどデジャヴュみたいに、二日前の再現になってしまった。違っていたのは、最後にバーバラがこう言ったことだ。

「ね、だから別荘に行こうって言ったの、正解だったでしょ？　スミさんにお目付け役をお願いしたのも、大正解だったでしょ？　へへ、あたし、こういうことには鼻が利くんだ。なにかご褒美は出ないのかなあ」

「バーバラ、一つ忘れてるよ」シンイチが真面目な顔をして言った。「果樹農家の方に行ってみようって言ったのもバーバラだよ。おかげでぼくは、ダイちゃんとフーちゃんとポワロと過ごした大切な夏を思い出すことができたんだ。一生恩にきるよ」

バーバラは一瞬固まったあと「いやあだ、シンちゃんってば。一生なんておおげさだよ！」そう言って、シンイチの背中をバンバン叩いた。

お、バスが来たぞ。はいはい、続きはバスの中でね。シンイチ、一生バーバラの面倒を見るんだぞ。ナイル川もレインボー・ブリッジも、炭焼き小屋も、しばしのさらば。


帰りの列車の中で、オレはスミさんに訊いた。

「いろいろあったけどさ、結局、俳句は詠まなかったの？」

スミさんは吟行用のノートを取り出すと、さらさらと一句したためてオレに差し出した。

「考えることがあり過ぎて、なかなか俳句は詠めなかったけど、最後の最後に一つ浮かびました。夏休みのしめくくりね」

そこにはスミさんらしい伸びやかな筆致で、こんな句が記してあった。

ああ燕　パウルクレーの　天使舞う

「さっきのツバメだね」

「燕は春の季語なんですよ。だから夏の句のときは夏燕とすべきなんでしょうね。でもここは、ただ燕と言いたかったの。ああ燕、そんなふうに詠嘆してみたかったんです。いいんですよ、どうせ俳句はうまく作っちゃいけないんだから」

「パウルクレーの天使って、なんだかカッコいいな。でもどういう意味？」

「パウル・クレーは二十世紀を代表する画家よ。その晩年の作品に、シンプルな線だけで描いた天使のシリーズがあるんです。『忘れっぽい天使』とか『鈴をつけた天使』とか、優しくて、少しユーモラスで、深い悲しみを湛えたような不思議な絵なんですけどね。ツバメが軽やかに飛んでるのを見ていたら、その忘れっぽい天使を思い出したの」

「それで、ああ燕か…。なるほど、夏燕だと少し違うかも。バーバラはどう思う？」

「断然、ああ燕よ。ツバメは季語を超えて飛んでいくの。南の国へ。思い出のかなたへ。ね、スミさん」

「ハルちゃん、ありがと」スミさんはそう言うと、黙って窓の外を指差した。

夕方の東の空を、ツバメの群れがくるりくるり、天使のように飛び交っている。

35　グダイ、ミッチ！

以上、夏休み強化合宿の報告、おわり。

最初に書いたけどさ、ゴローさんが「日記のつもりで、気に入ったことを全部書いちゃえ」って言うから、その気になってだらだら書いてきたけど、こんなんでいいのかな。まあ小説にはならないよね、たぶん。

ほんとはこれで終わりにしたいけど、隠し立てはよくないから、あと一つだけ書いておこうと思う。分かるだろ？　宗像良子の手紙だよ。バーバラの勧めに従って、家に帰ってからゆっくり読みました。

女の子って、ほんとに変な生き物だね。バーバラも変だけど、リョーコも相当なもんだよ。まあ気立てはいいと思うけど。それに手紙を読めば分かるけど、すごくカンがいいんだ。ただ、オレのことはだいぶ買いかぶってるような気がするな。まあ、いいけどさ。

書き出しは、ごく普通に「道明くん、元気？」と始まっていた。

道明くん、元気？

あたしはオーストラリアが性に合ったと見えて、絶好調です。オーストラリアのことはお爺様からいろいろ聞いてると思うし、近況はバーバラにもメールで伝えたので割愛しますね。食べ物のことだけ少し。オージー・ビーフは相当イケます。すごく肉々しいの。シドニー湾のカキも、小粒だけどオイリーで美味です。全般に、食材に恵まれているので、あまり凝った料理は発達しなかったような印象があります。

考えてみると、これが初めての手紙ですね。やっぱり遠くに来るってことはいいことだとしみじみ思います。見聞を広めるだけでなく、日本にいたときのこともいろいろ考えます。バーバラのこと、真一くんのこと、もちろん道明くんのこと。

みんな仲良くやっていますか。スミさんはお元気ですか。矢野さんの別荘のある森や農園はすばらしい場所だそうですね。大輔さんと房子さんとポワロの話、バーバラから聞きました。真一くんは失われた黄金の日々を取り戻したのですね。感動しました。なんだか、その地域一帯に魔法がかかっているようです。

魔法といえば、不思議な文様、バーバラの言うカルトゥーシュもミステリアスですね。これは単なるあたしのカンだけど、スミさんはその土地と何か関係があるんじゃないか、そんな気がします。バーバラの話だと、今回、喜んでお目付け役を買って出たそうですが、ひょっとしたら、いろいろな謎のカギを握っているのはスミさんかもしれません。

あたしはまだお会いしてないけど、スミさんは素敵な方だそうですね。バーバラが褒めちぎっていました。道明くんのお婆様みたいな方だから当然かもしれません。お爺様といい、スミさんといい、道明くんの周りの方々は素晴らしい方ばかりですね。なぜ道明くんが道明くんになったのか、分かったような気がします。

そうだ、一つお詫びをしなければなりません。道明くんに無断で、お爺様にごあいさつをしてきました。ごめんなさい。でも、どうしてもお会いしたかったの。実際にお会いしてみて、驚きました。あたしがこれまで会ったどんな人とも、まるで違うんですもの。魔法使いのガンダルフといたずら好きのホビットが一緒になったような方。お爺様は道明くんのことを褒めていましたよ。「あいつはいいヤツだ。筋がいい」って。あたしと相性がいいという意味のこともおっしゃっていました。

来週、お爺様とお食事の約束をしたので、そのときに「別荘地のその後」の話も聞かせてもらおうと思っています。いまから楽しみです。

あと二週間。ああ、早くみんなに会いたいな。でもそれまで、語学の勉強もまじめにやる積もりです。日本に帰ったら、オーストラリア訛りの英語をお聞かせしますね。

こっちでは「こんにちは」っていうとき、「グダイ」って言います。グッド・デイの訛った形。気軽にあいさつするとき、グダイとか、グダイ・マイト（=グッド・デイ・メイト）って言うの。とってもフレンドリーな感じです。

最後にひとつ、お願いがあります。ずっと道明くんって言ってきたけど、バーバラたちは「ミッチ」って呼んでるでしょう。あたしもミッチって呼んでいいかな？　イヤならイヤって、今度会ったとき言って下さい。それまでは心の中でミッチって呼んでます。なんだか、とりとめなく書いてしまいました。まあ初めての手紙だから仕方ないか。それじゃ、また。

今度会うときは、オーストラリア式でいきたいと思います。こんな具合に。

グダイ、ミッチ！


（了）

ミッチのあとがき

最後まで読んでくれて、かたじけない。深謝。

ところで「あとがき」って、何を書けばいいのかな。自作についての感想文みたいなことを書けばいいのかな。でも、この夏休みの話、いったいオレは何を書いたんだろう。スミさんのこと？ シンイチと吉岡農園のこと？ 雨のこと？ お盆と七夕のこと？ 爺様のこと？ オーストラリアのこと？ うまいメシのこと？

どうもこれは小説というより日記だね。なにしろ「気に入ったことはなんでも書いちゃえ」主義だから、ゴッタ煮風なのは仕方ないんだけどさ、読み返してみると結局、自分のことを書いてるような気がするな。スミさんのことを書きながら、バーバラとシンイチのことを書きながら、吉岡農園のことを書きながら、どっかで自分の思いを書いている。

もちろん全体を通して見れば、これはスミさんの話だと思うよ。それは間違いない。なぜスミさんの話なのか、それにはオレなりに心当たりがあるんだ。実は、オレの「人生最初の記憶」は、スミさんの背中なんだよ。たぶん冬の夕方、スミさんにおんぶされて、家の近くの踏切で電車を見ていた記憶がうっすら残っている。スミさんは背中のオレを揺すりながら、何か話しかけていた。恥ずかしいからだれにも言ってないけどさ、その情景を思い出すと、胸のあたりがじんわり暖かくなってくるんだ。これ、一種の原体験ってやつだね。

あと、報告を一つだけ。

シンイチが犬を飼ったんだよ。犬種？　もちろん雑種さ。耳の垂れた茶色い保護犬。名前は「エル」。たぶんエルキュール・ポワロから取ったんだろうね。

追伸――蛇足の補足

バーバラっていう名前のことだけどさ、「訳あり」って書いたよね。気になる人は、シンイチが書いたもう一つの物語を読んでみて。タイトルは『バーバラ、バルバラ、バーバレラ』。ただしバーバラには内緒でお願いします。

著者プロフィール

芳賀 透（はが とおる）

仙台二高出身。好きなもの＝夕方の東の空。良寛の書。動物の記録映画。トウモロコシ。木蓮の香り。自転車。パズル。ほとんどすべてのジャンルの音楽。好きな街＝ローマ、ブエノスアイレス、仙台。最近気がかりな事＝国際紛争と軍事対立の深刻化。ネット社会の暴走と情報メディアの質的劣化。人類とウイルスの行く末。

著書に『バーバラ、バルバラ、バーバレラ』（2021年７月、文芸社刊）がある。

グダイ、ミッチ！

2024年１月15日　初版第１刷発行

著　者　芳賀 透
発行者　瓜谷 綱延
発行所　株式会社文芸社
〒160-0022　東京都新宿区新宿1－10－1
電話　03-5369-3060（代表）
03-5369-2299（販売）

印刷所　株式会社フクイン

ISBN978-4-286-24949-0